U0944592

图书在版编目（CIP）数据

闪光的彝寨：彝文 / 穆秀英著. —2版. —成都：四川民族出版社，2015.10（2020.6重印）

ISBN 978-7-5409-6109-1

Ⅰ. ①闪…　Ⅱ. ①穆…　Ⅲ. ①诗集－中国－当代－彝语　Ⅳ. ①I227

中国版本图书馆CIP数据核字（2015）第242187号

闪光的彝寨

SHANGUANG DE YIZHAI

穆秀英　著

出 版 人	王　伟
责任编辑	阿克克的
责任印制	李　蓓
出版发行	四川党建期刊集团　四川民族出版社
邮　　编	610091（成都市青羊区敬业路108号）
印　　刷	成都蜀通印务有限责任公司
成品尺寸	130mm × 185mm
印　　张	3.5
字　　数	170千
版　　次	2015年10月第2版
印　　次	2020年6月第4次印刷
印　　数	4859-5858册
书　　号	ISBN 978-7-5409-6109-1
定　　价	10.00元

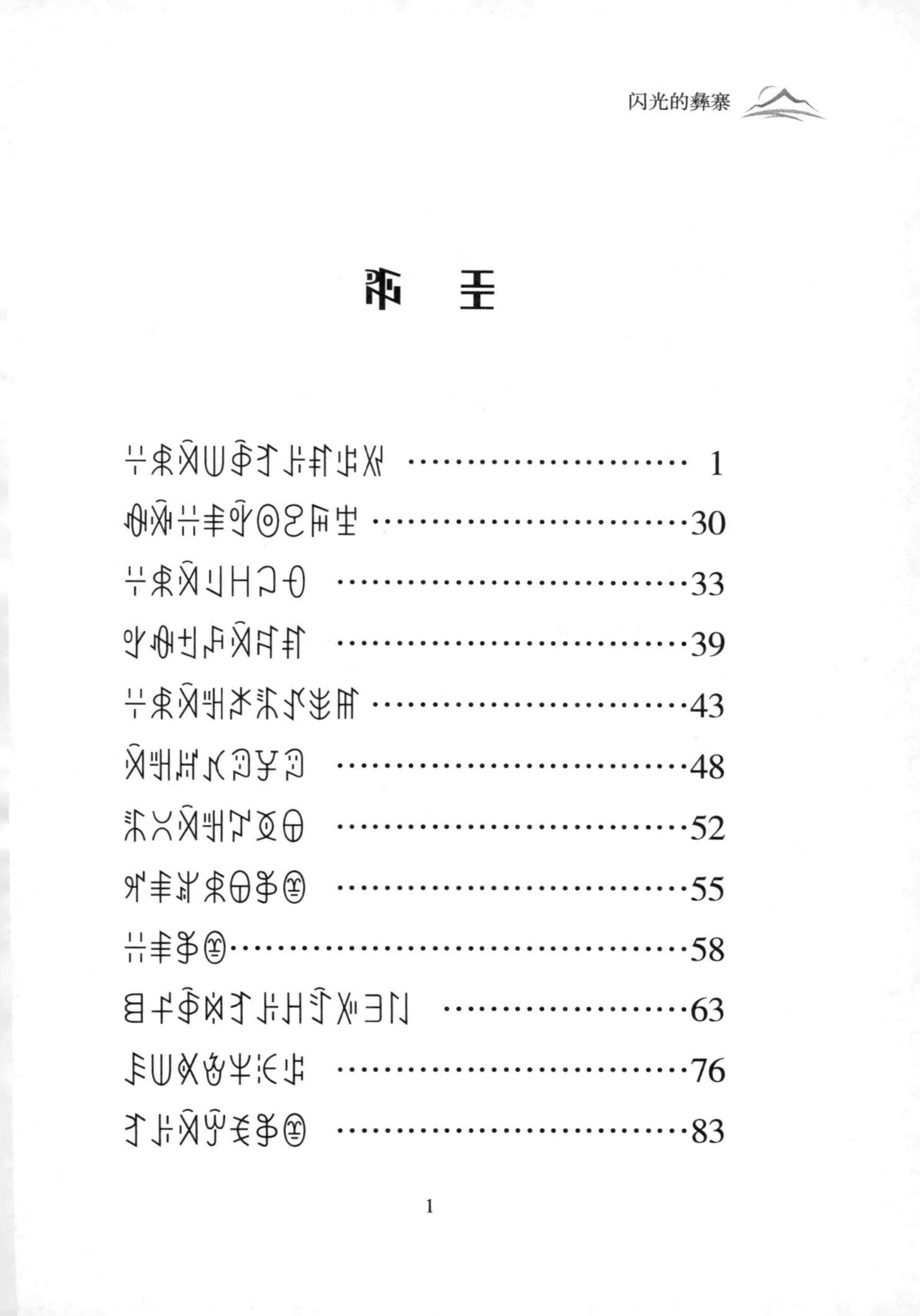

[illegible]

[illegible]

[illegible]，
[illegible]，
[illegible]，
[illegible]；
[illegible]，
[illegible]，
[illegible]，
[illegible]，
[illegible]：
[illegible]，
[illegible]，

[illegible];
[illegible],
[illegible],
[illegible],
[illegible],
[illegible],
[illegible];
[illegible],
[illegible],
[illegible]。
[illegible],
[illegible];
[illegible],
[illegible];
[illegible],
[illegible];

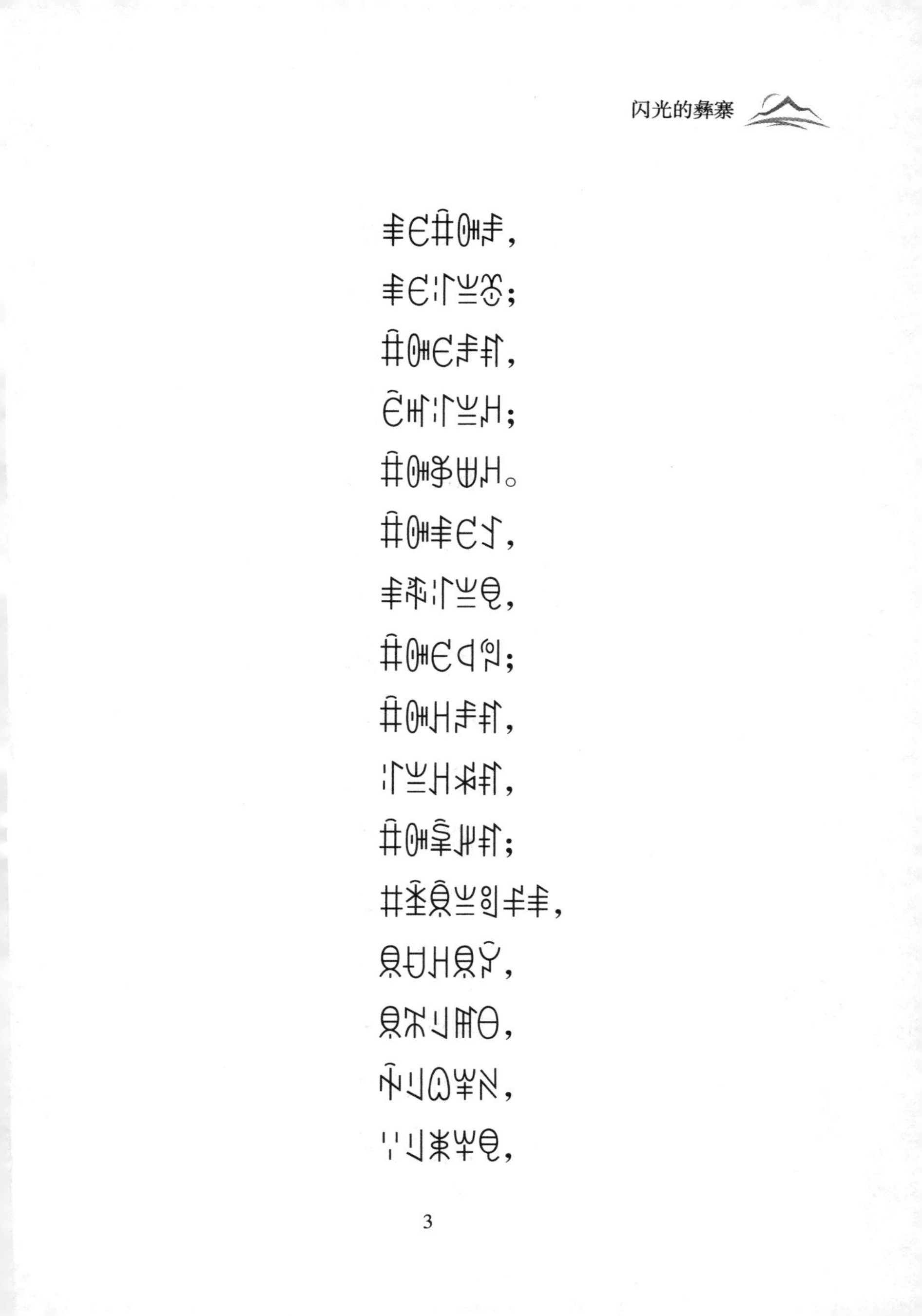

[illegible],
[illegible];
[illegible],
[illegible],
[illegible],
[illegible],
[illegible],
[illegible],
[illegible],
[illegible],
[illegible],
[illegible],
[illegible];
[illegible],
[illegible],
[illegible],

[illegible]，

[illegible]，

[illegible]，

[illegible]，

[illegible]，

[illegible]，

[illegible]；

[illegible]，

[illegible]，

[illegible]，

[illegible]，

[illegible]；

[illegible]，

[illegible]；

[illegible]，

[illegible]，

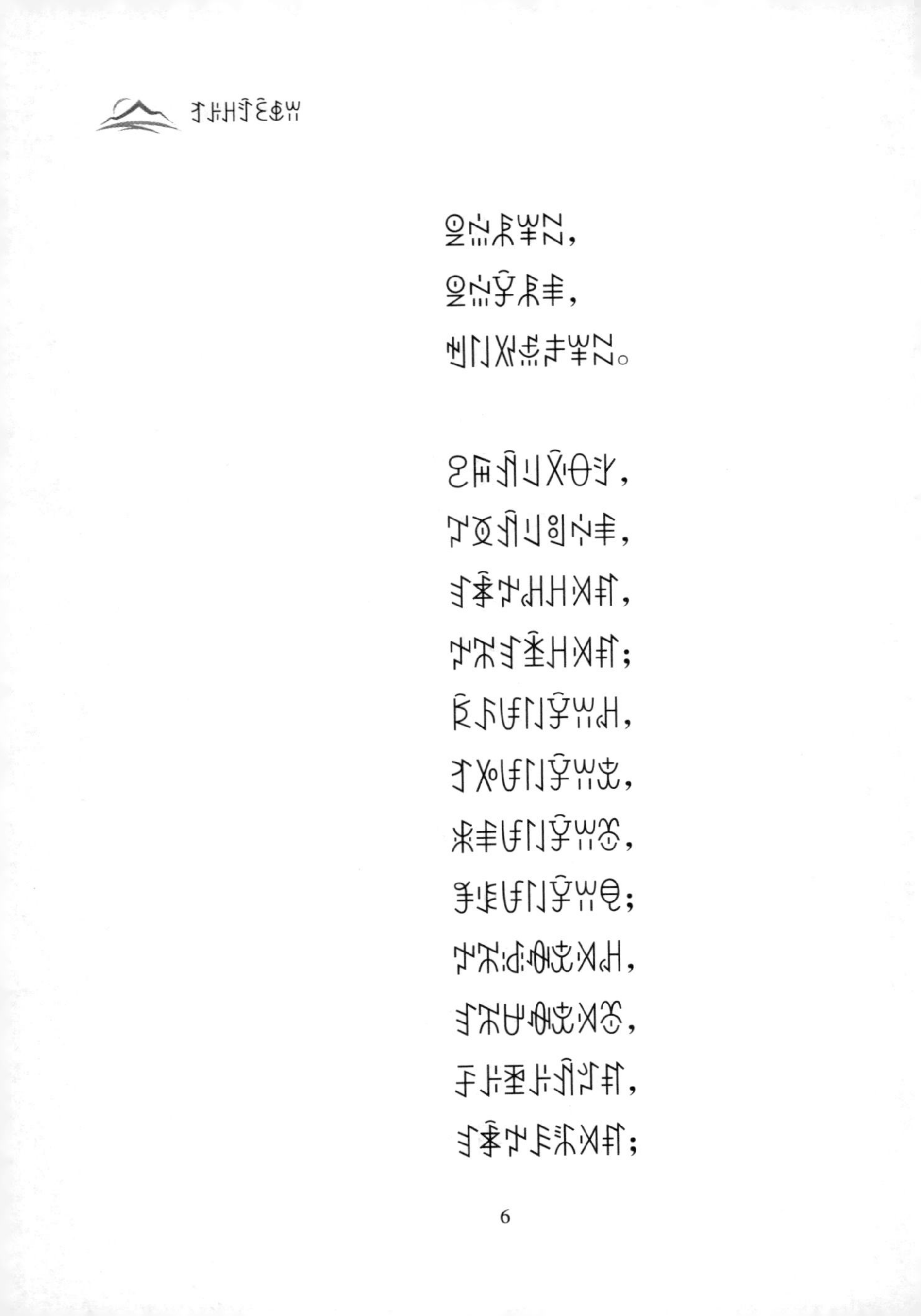

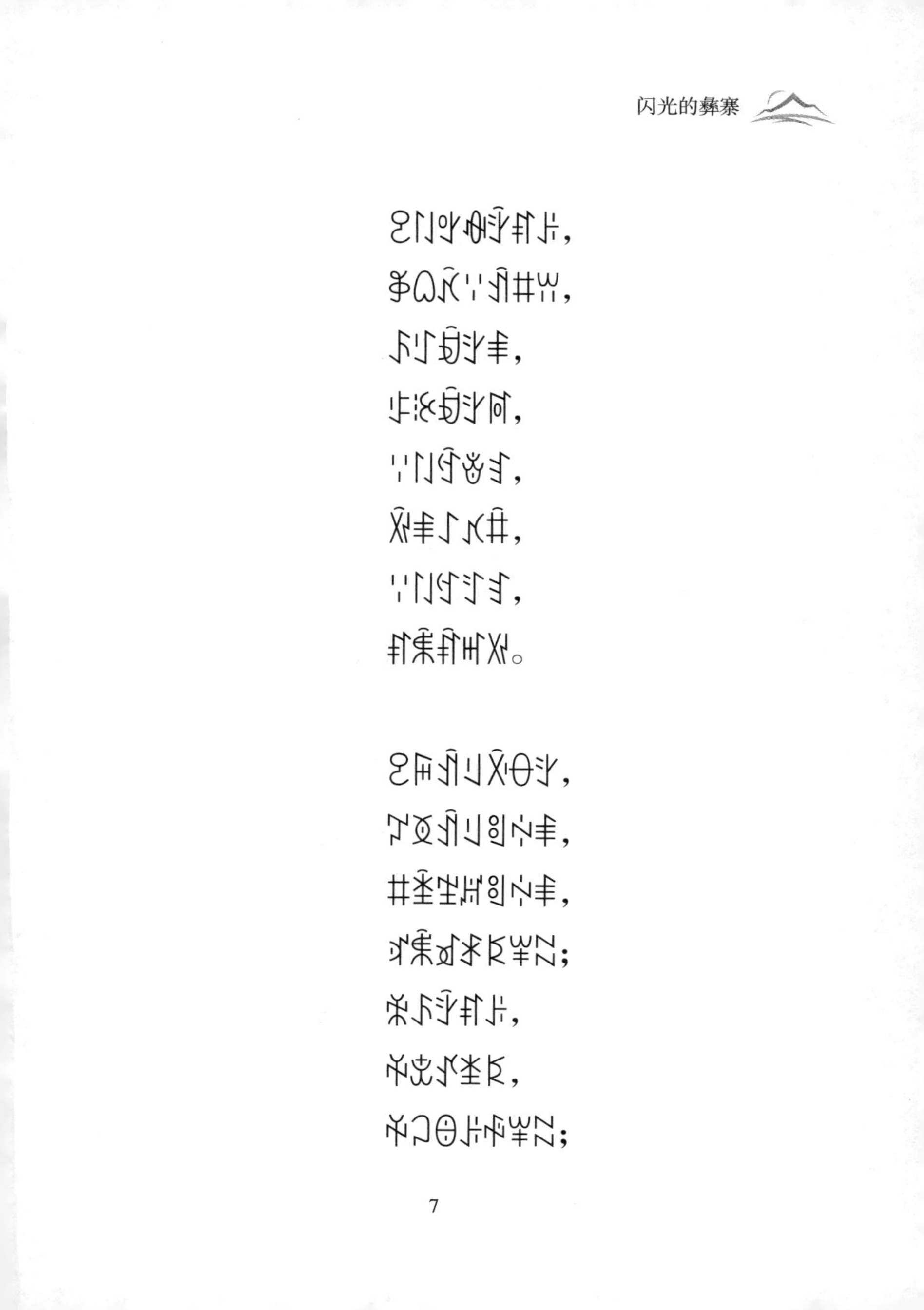

[illegible]，
[illegible]，
[illegible]，
[illegible]，
[illegible]，
[illegible]，
[illegible]，
[illegible]。

[illegible]，
[illegible]，
[illegible]，
[illegible]；
[illegible]，
[illegible]，
[illegible]；

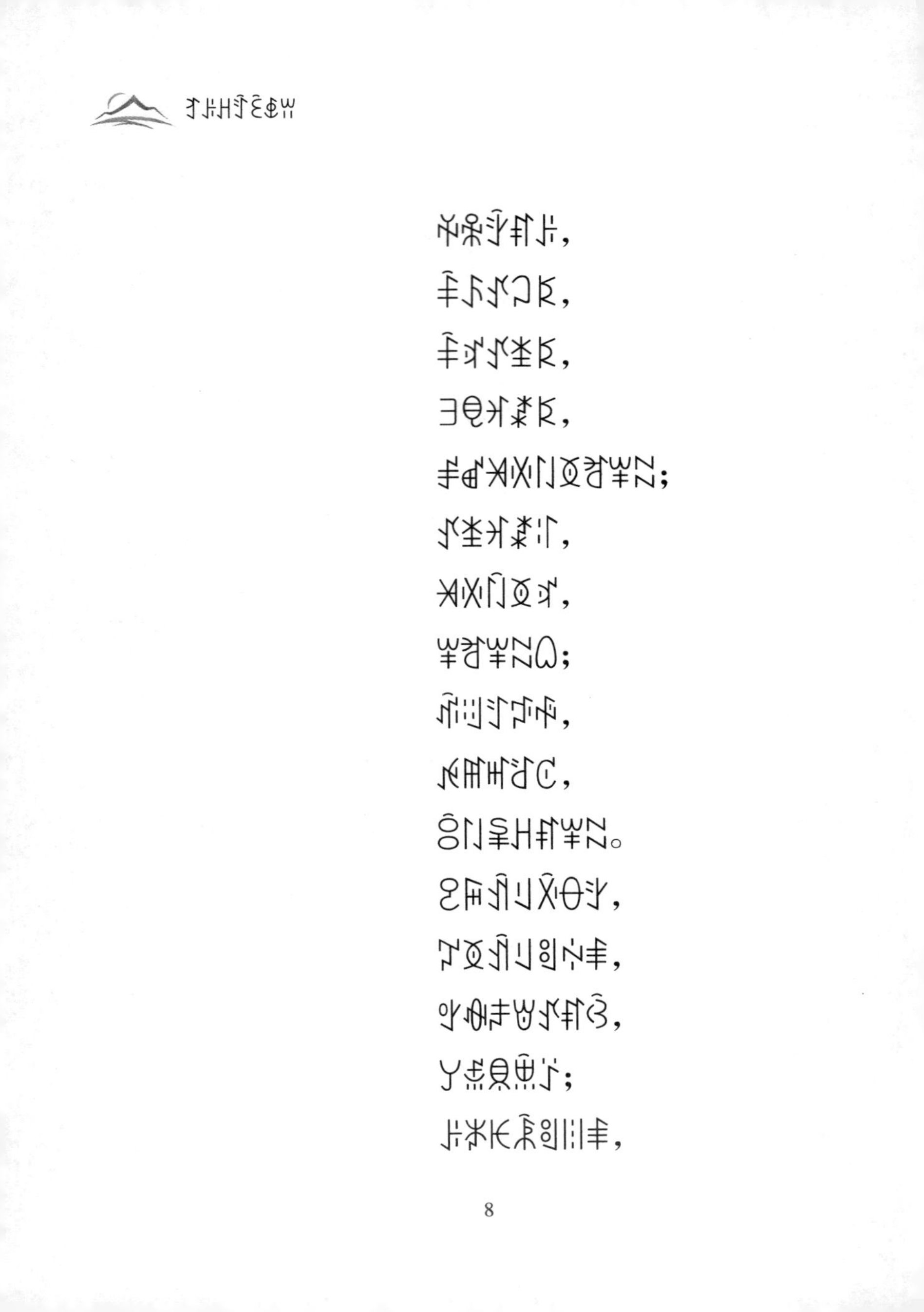

[illegible],
[illegible],
[illegible],
[illegible],
[illegible];
[illegible],
[illegible],
[illegible];
[illegible],
[illegible],
[illegible]。
[illegible],
[illegible],
[illegible],
[illegible];
[illegible],

[illegible]，
[illegible]，
[illegible]，
[illegible]；
[illegible]，
[illegible]：
[illegible]，
[illegible]，
[illegible]；
[illegible]，
[illegible]，
[illegible]，
[illegible]，
[illegible]，
[illegible]，
[illegible]；

[illegible],
[illegible],
[illegible];
[illegible],
[illegible],
[illegible],
[illegible]。
[illegible],
[illegible],
[illegible];
[illegible],
[illegible],
[illegible],
[illegible],
[illegible];
[illegible],

[illegible]；

[illegible]，

[illegible]，

[illegible]，

[illegible]，

[illegible]，

[illegible]；

[illegible]，

[illegible]，

[illegible]；

[illegible]，

[illegible]，

[illegible]，

[illegible]，

[illegible]；

[illegible]，

[illegible]；
[illegible]，
[illegible]；
[illegible]，
[illegible]；
[illegible]，
[illegible]。

[illegible]，
[illegible]，
[illegible]，
[illegible]，
[illegible]；
[illegible]，
[illegible]，
[illegible]。

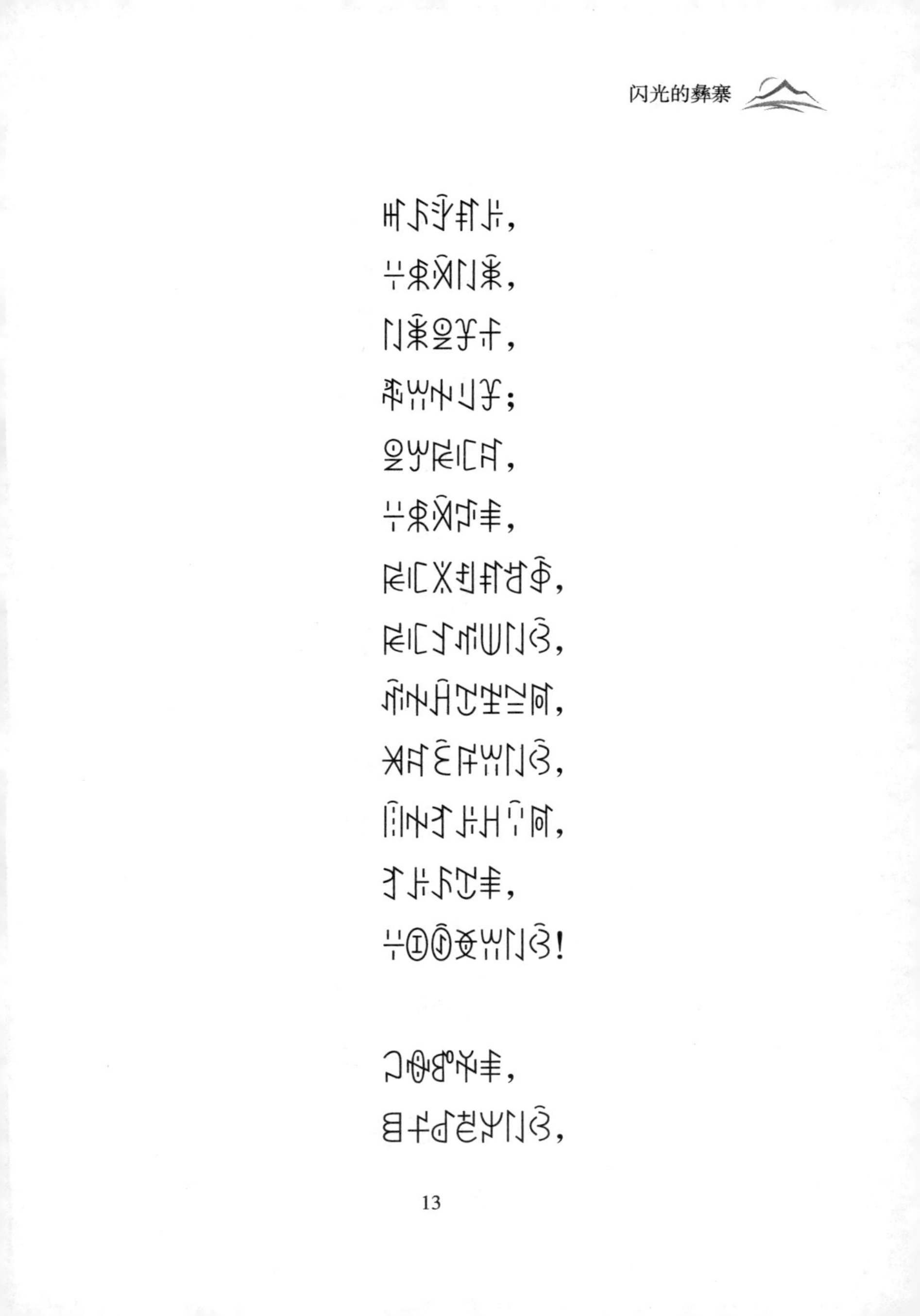

[illegible]，
[illegible]，
[illegible]，
[illegible]；
[illegible]，
[illegible]，
[illegible]，
[illegible]，
[illegible]，
[illegible]，
[illegible]，
[illegible]，
[illegible]！

[illegible]，
[illegible]，

[illegible];
[illegible],
[illegible],
[illegible],
[illegible];
[illegible],
[illegible],
[illegible],
[illegible],
[illegible],
[illegible],
[illegible]!

[illegible],
[illegible],
[illegible],

[illegible]，
[illegible]，
[illegible]，
[illegible]；
[illegible]，
[illegible]，
[illegible]，
[illegible]，
[illegible]，
[illegible]，
[illegible]，
[illegible]，
[illegible]；
[illegible]，
[illegible]，
[illegible]，

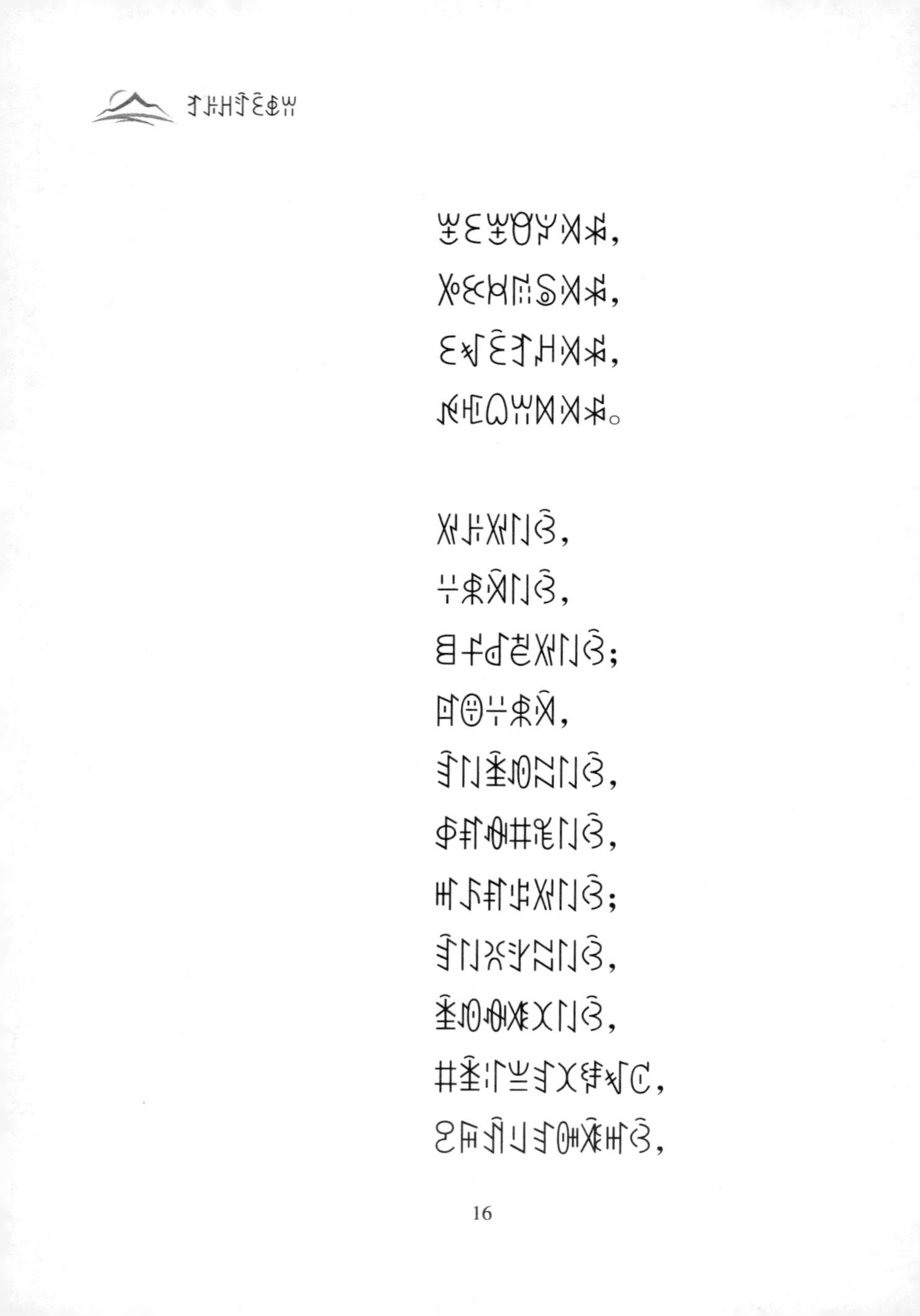

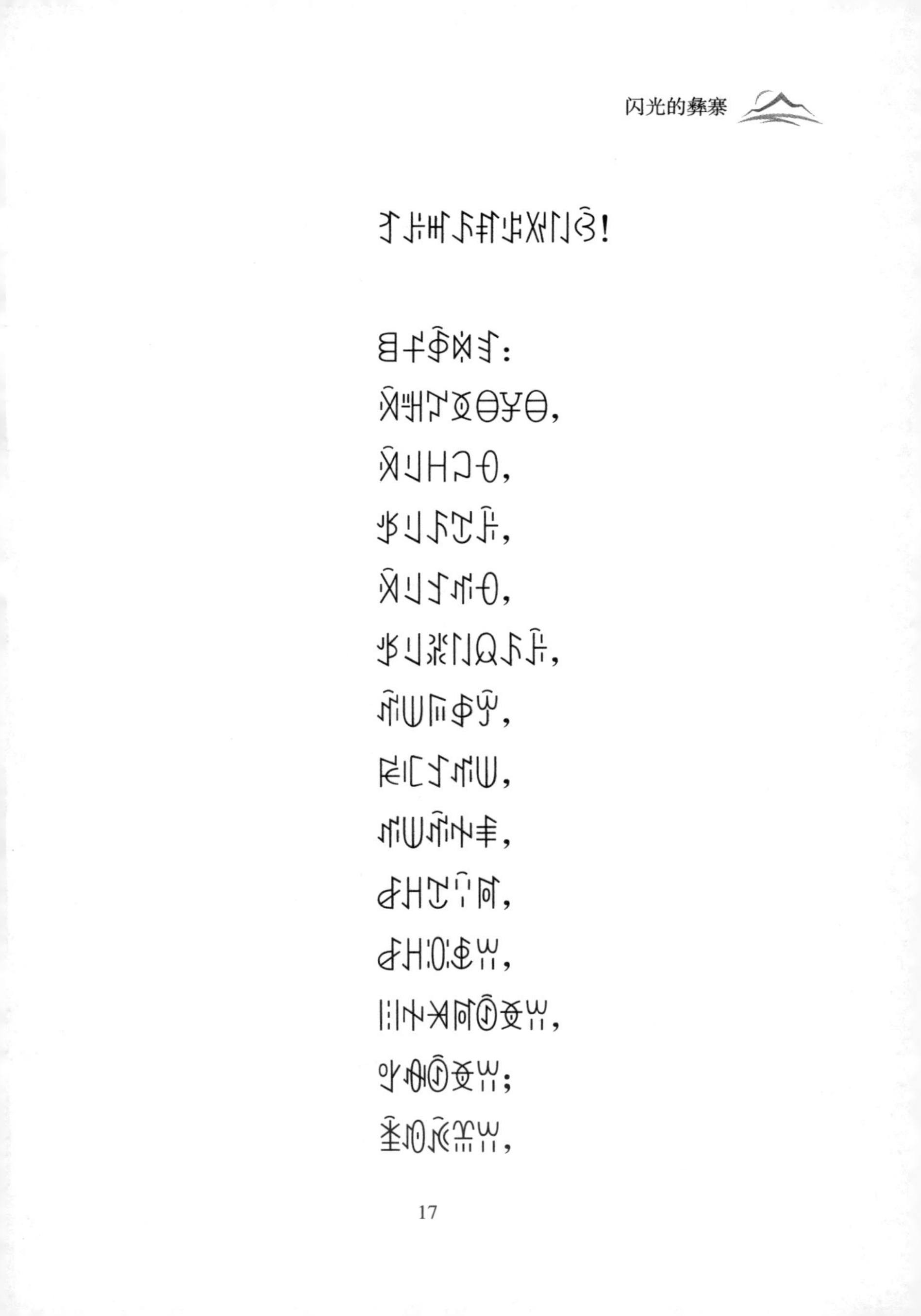

[illegible]!

[illegible]:
[illegible],
[illegible],
[illegible],
[illegible],
[illegible],
[illegible],
[illegible],
[illegible],
[illegible],
[illegible],
[illegible],
[illegible];
[illegible],

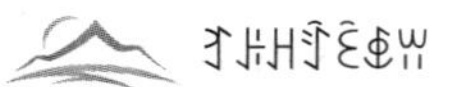

[illegible]，
[illegible]，
[illegible]，
[illegible]，
[illegible]！

[illegible]，
[illegible]，
[illegible]，
[illegible]，
[illegible]，
[illegible]；
[illegible]，
[illegible]，
[illegible]，
[illegible]；

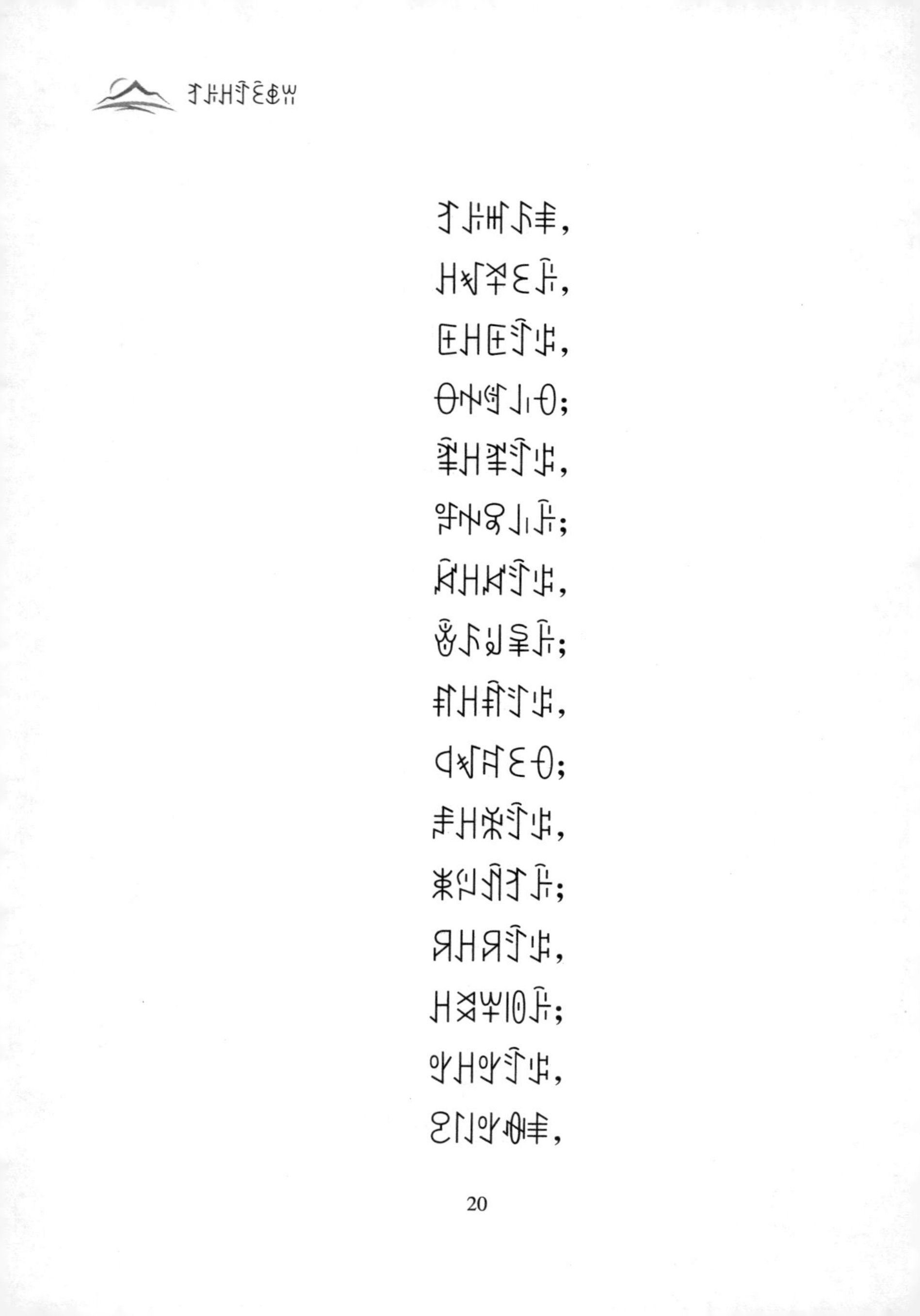

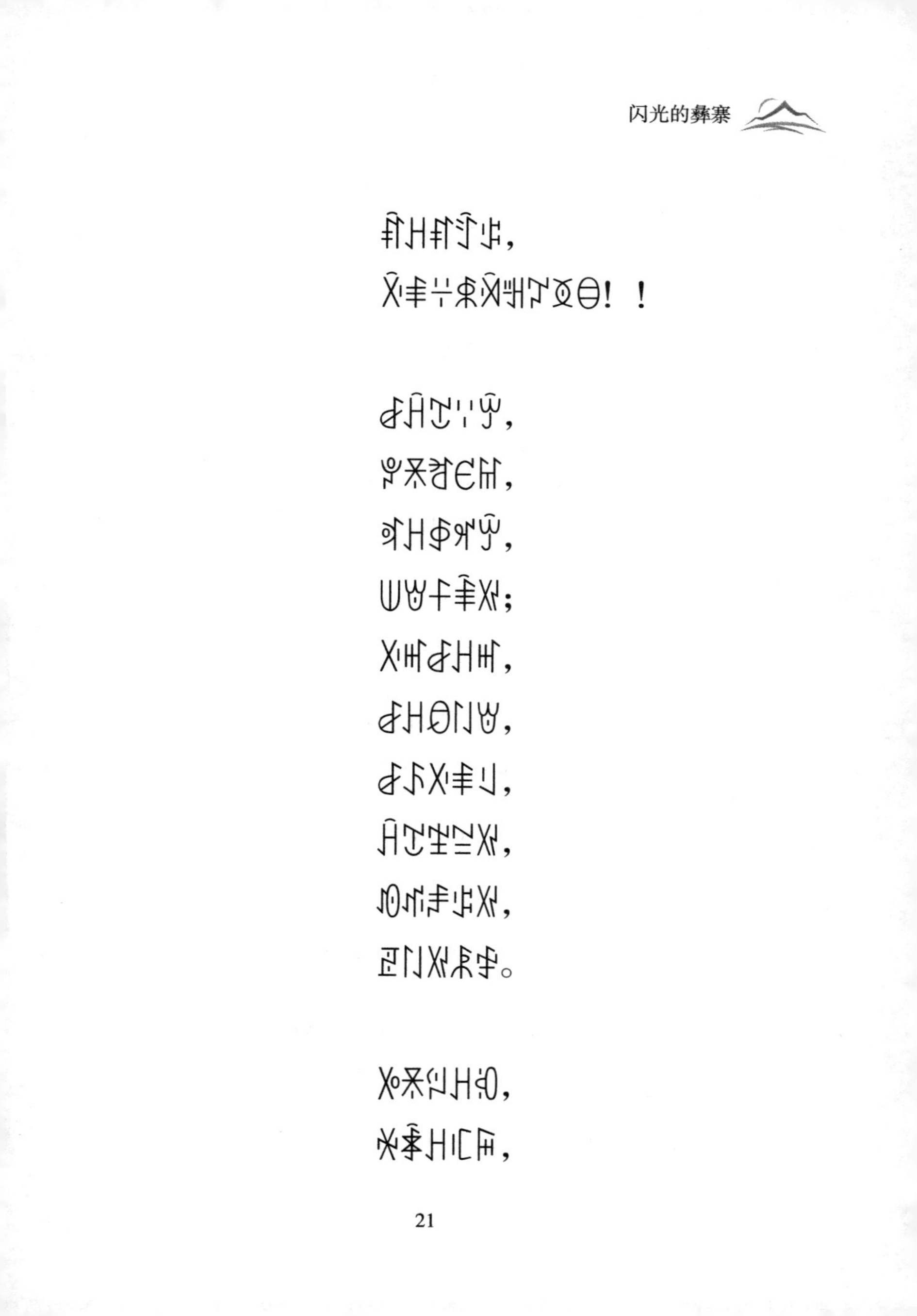

[illegible]，
[illegible]！！

[illegible]，
[illegible]，
[illegible]，
[illegible]；
[illegible]，
[illegible]，
[illegible]，
[illegible]，
[illegible]，
[illegible]。

[illegible]，
[illegible]，

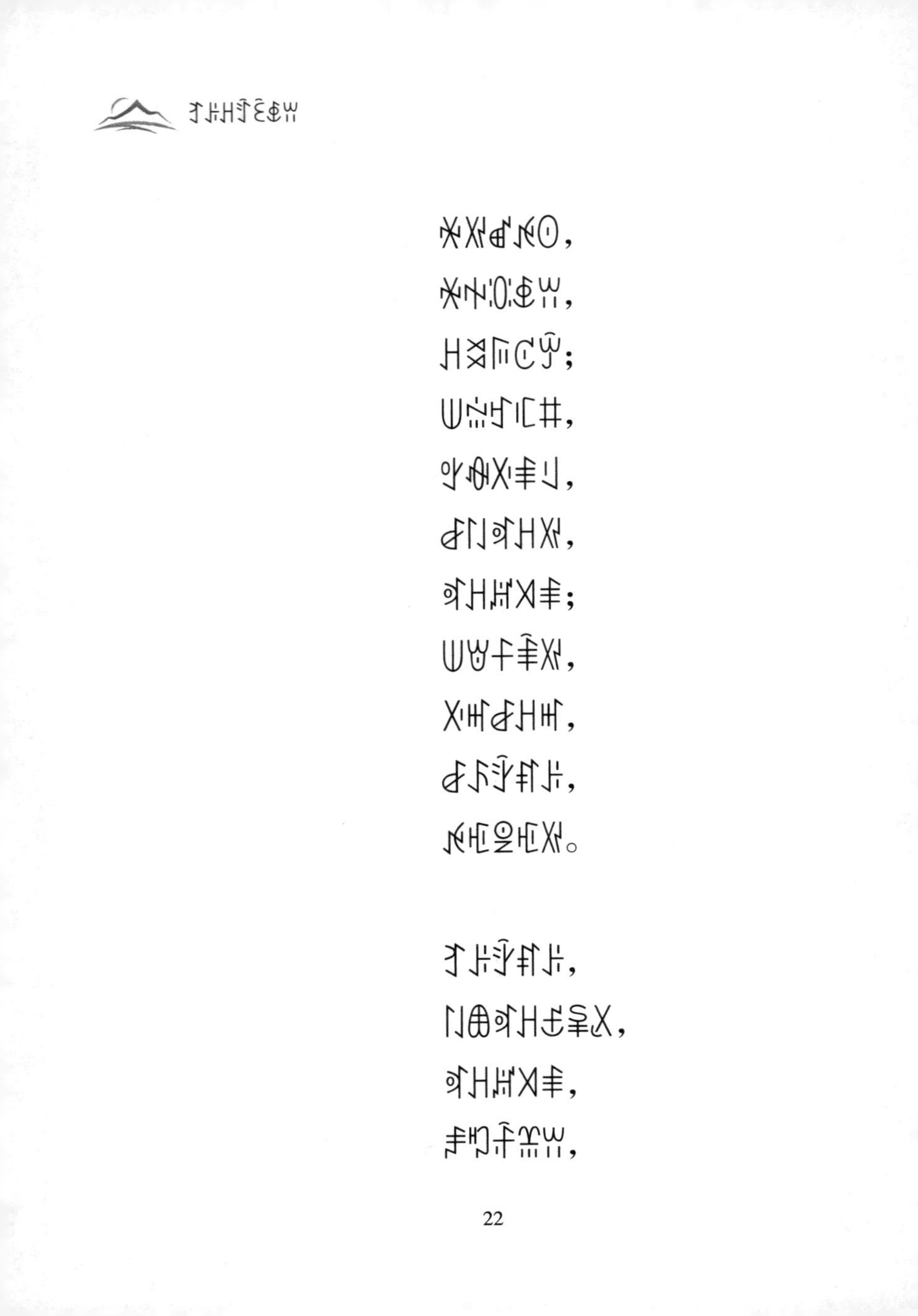

[illegible],
[illegible],
[illegible];
[illegible],
[illegible],
[illegible],
[illegible];
[illegible],
[illegible],
[illegible],
[illegible]。

[illegible],
[illegible],
[illegible],
[illegible],

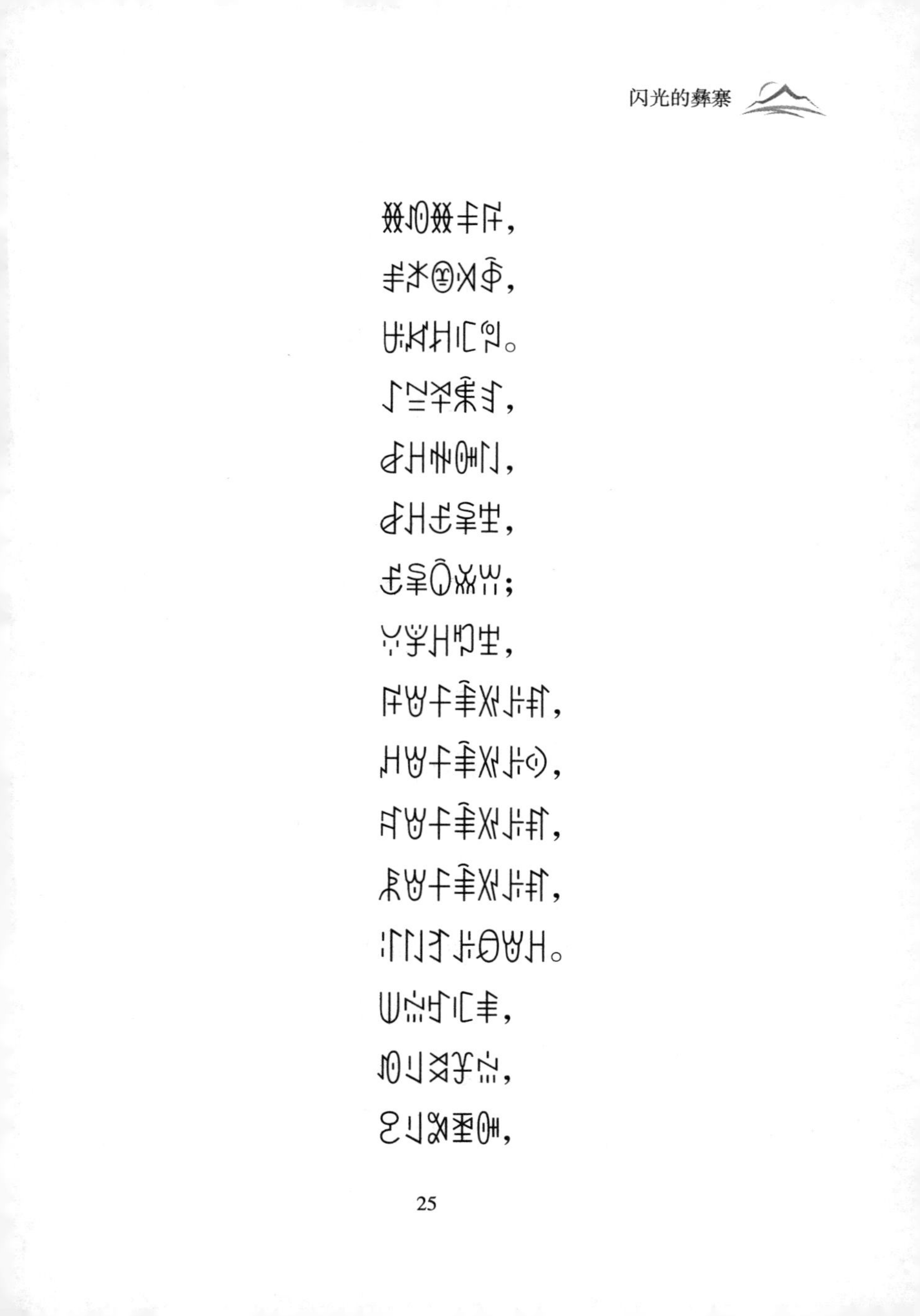

[illegible]，
[illegible]，
[illegible]。
[illegible]，
[illegible]，
[illegible]，
[illegible]；
[illegible]，
[illegible]，
[illegible]，
[illegible]，
[illegible]，
[illegible]。
[illegible]，
[illegible]，
[illegible]，

[illegible],
[illegible],
[illegible];
[illegible],
[illegible],
[illegible],
[illegible],
[illegible],
[illegible],
[illegible],
[illegible]!

[illegible],
[illegible],
[illegible];
[illegible],

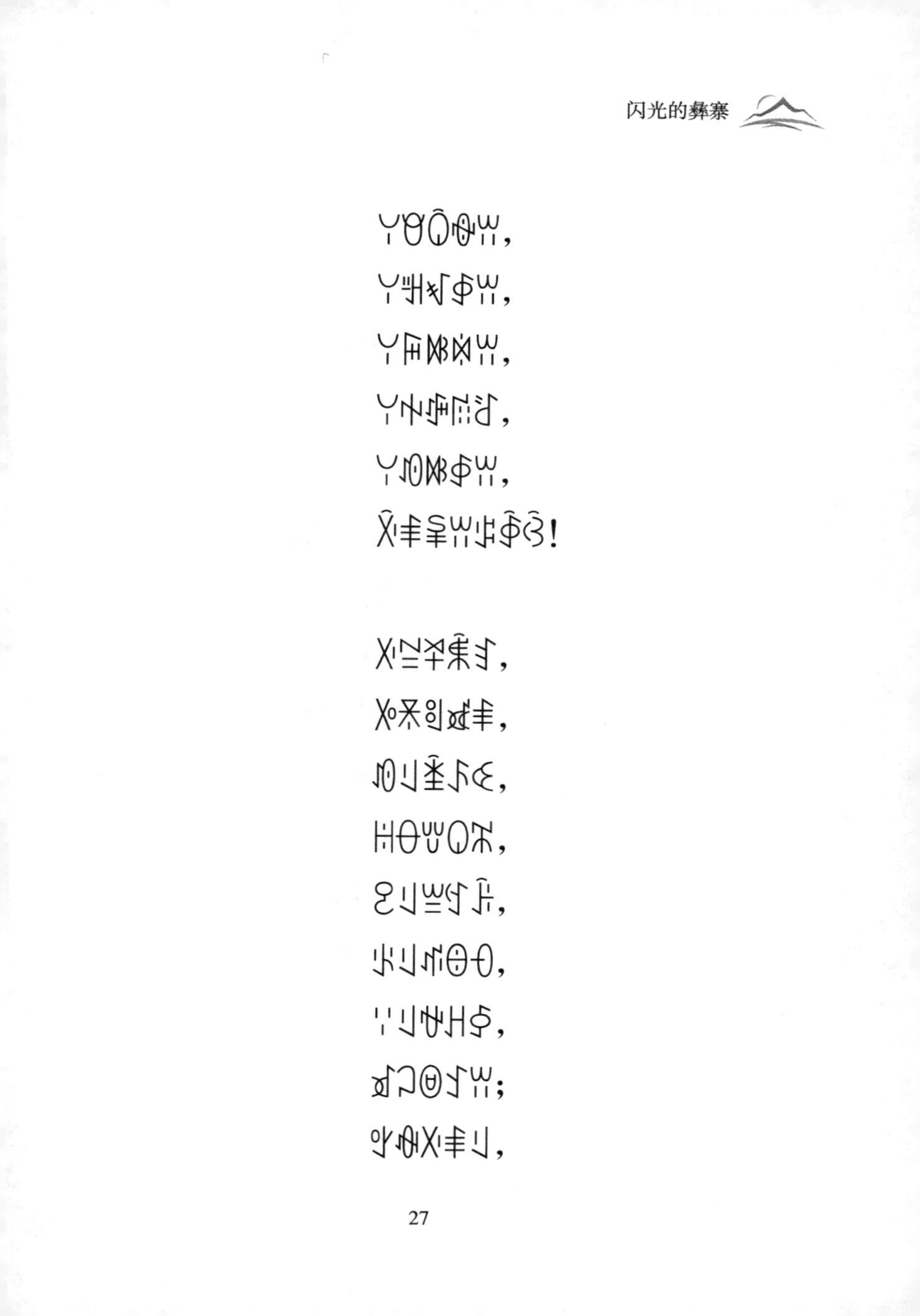

[illegible]，
[illegible]，
[illegible]，
[illegible]，
[illegible]，
[illegible]！

[illegible]，
[illegible]，
[illegible]，
[illegible]，
[illegible]，
[illegible]，
[illegible]，
[illegible]；
[illegible]，

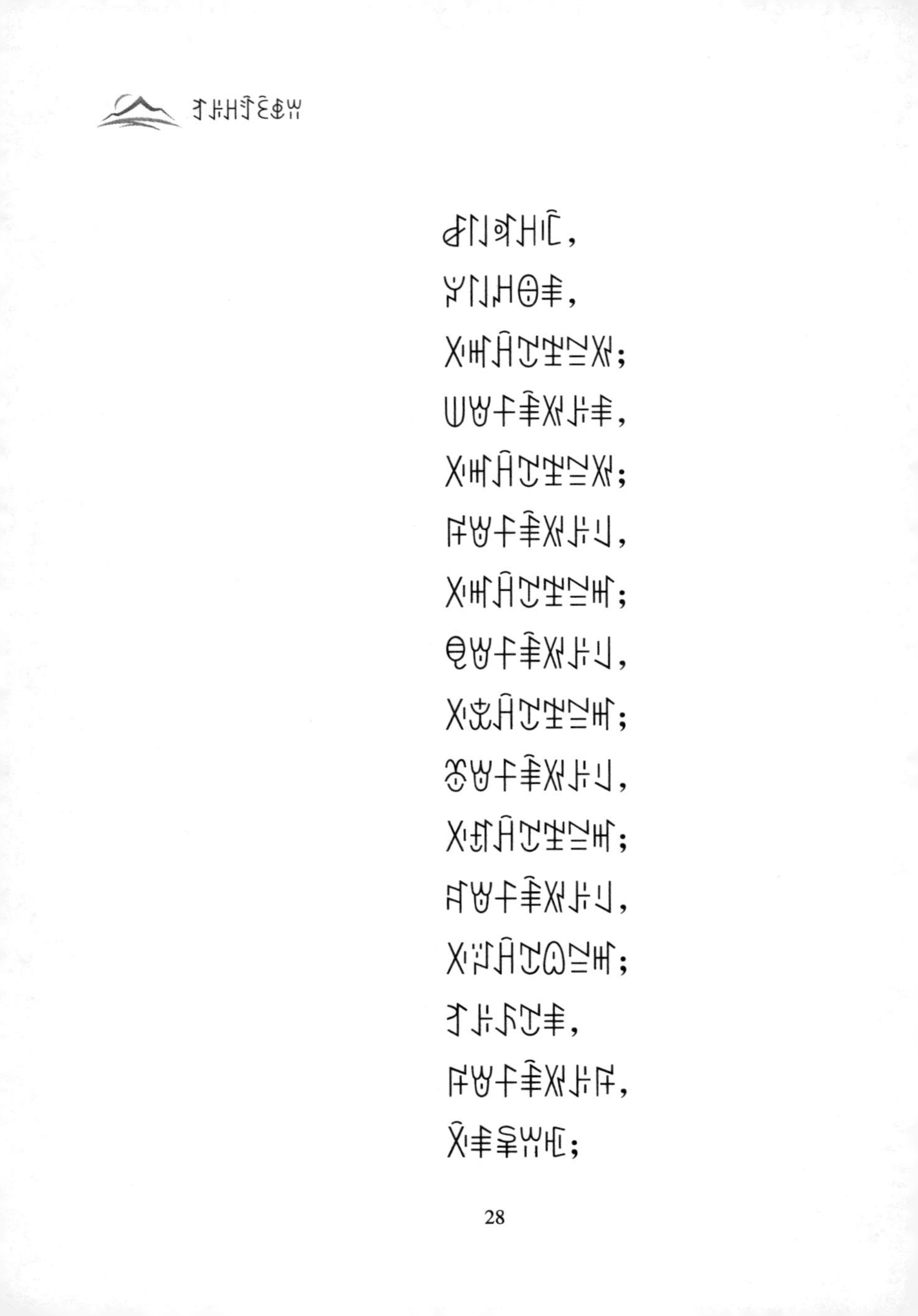

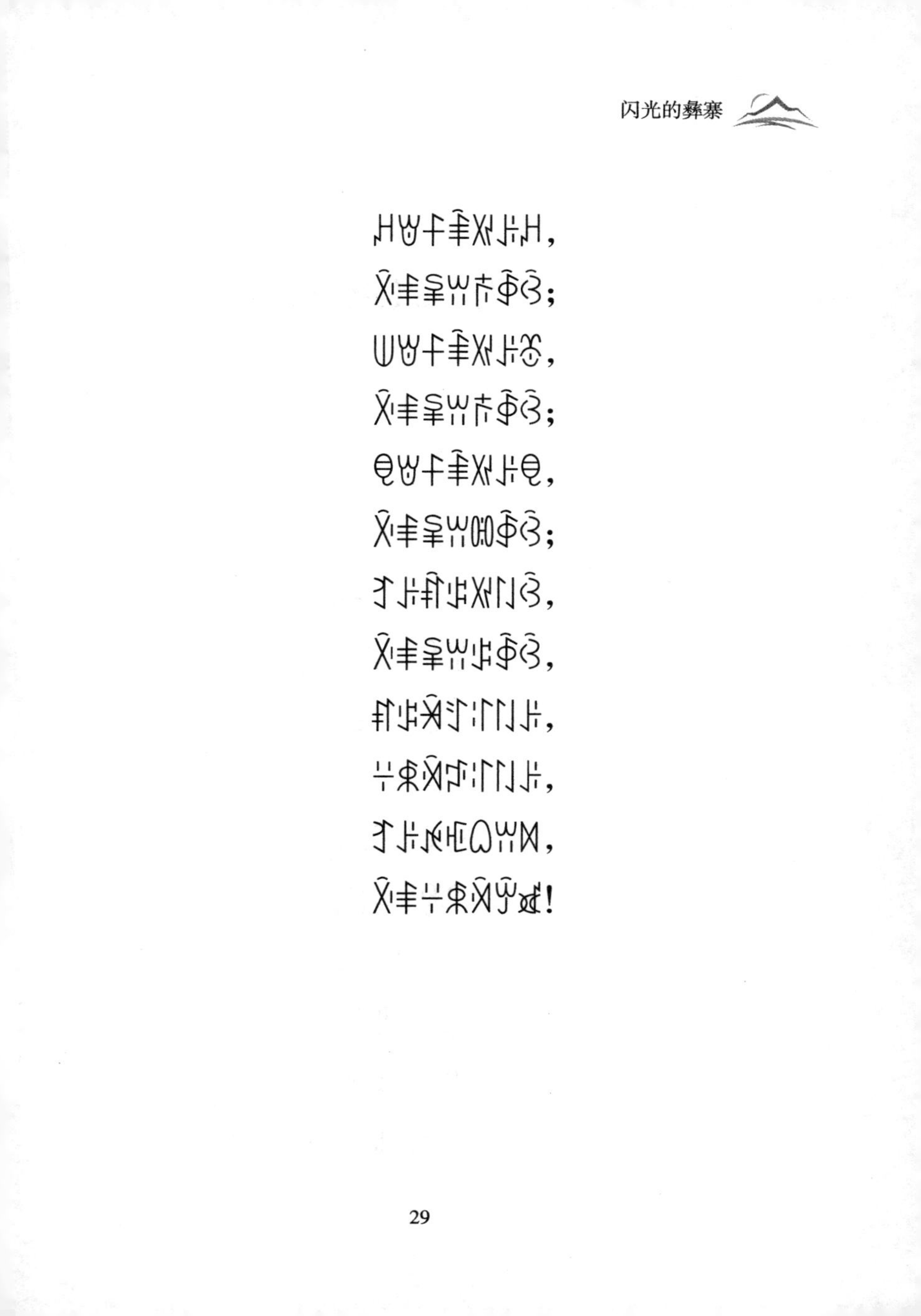

[illegible]，
[illegible]；
[illegible]，
[illegible]；
[illegible]，
[illegible]；
[illegible]，
[illegible]，
[illegible]，
[illegible]，
[illegible]，
[illegible]！

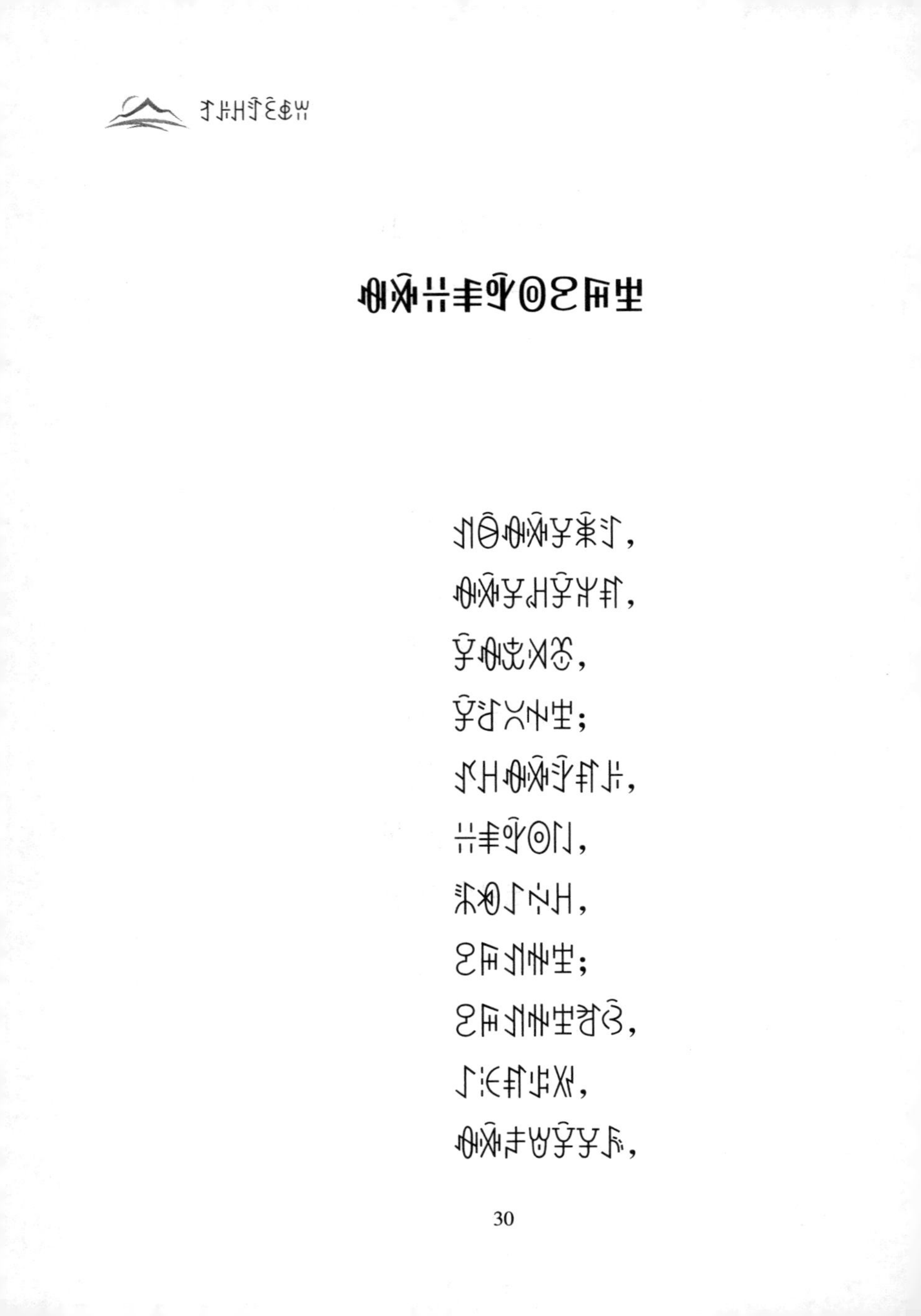

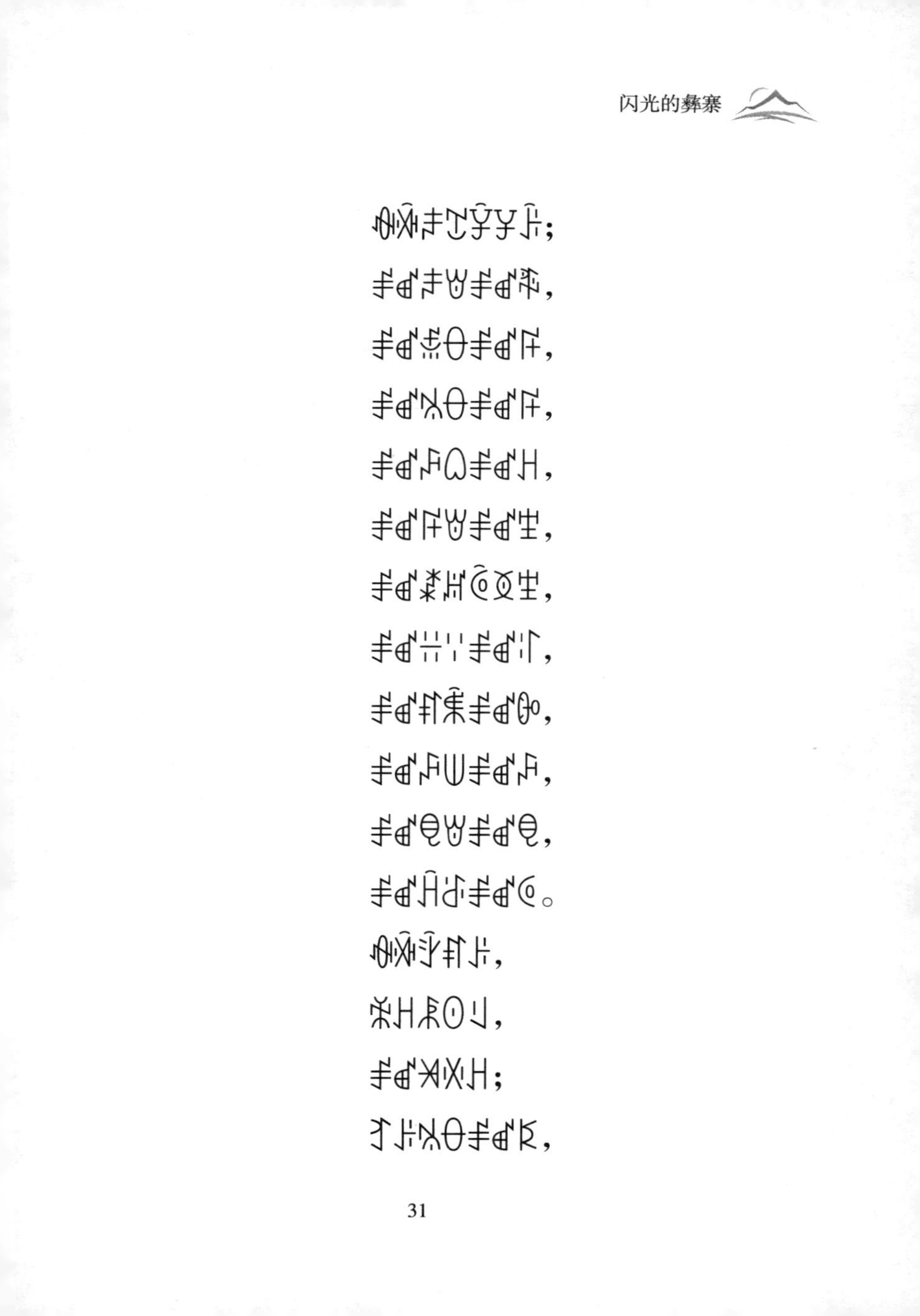

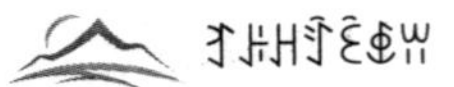

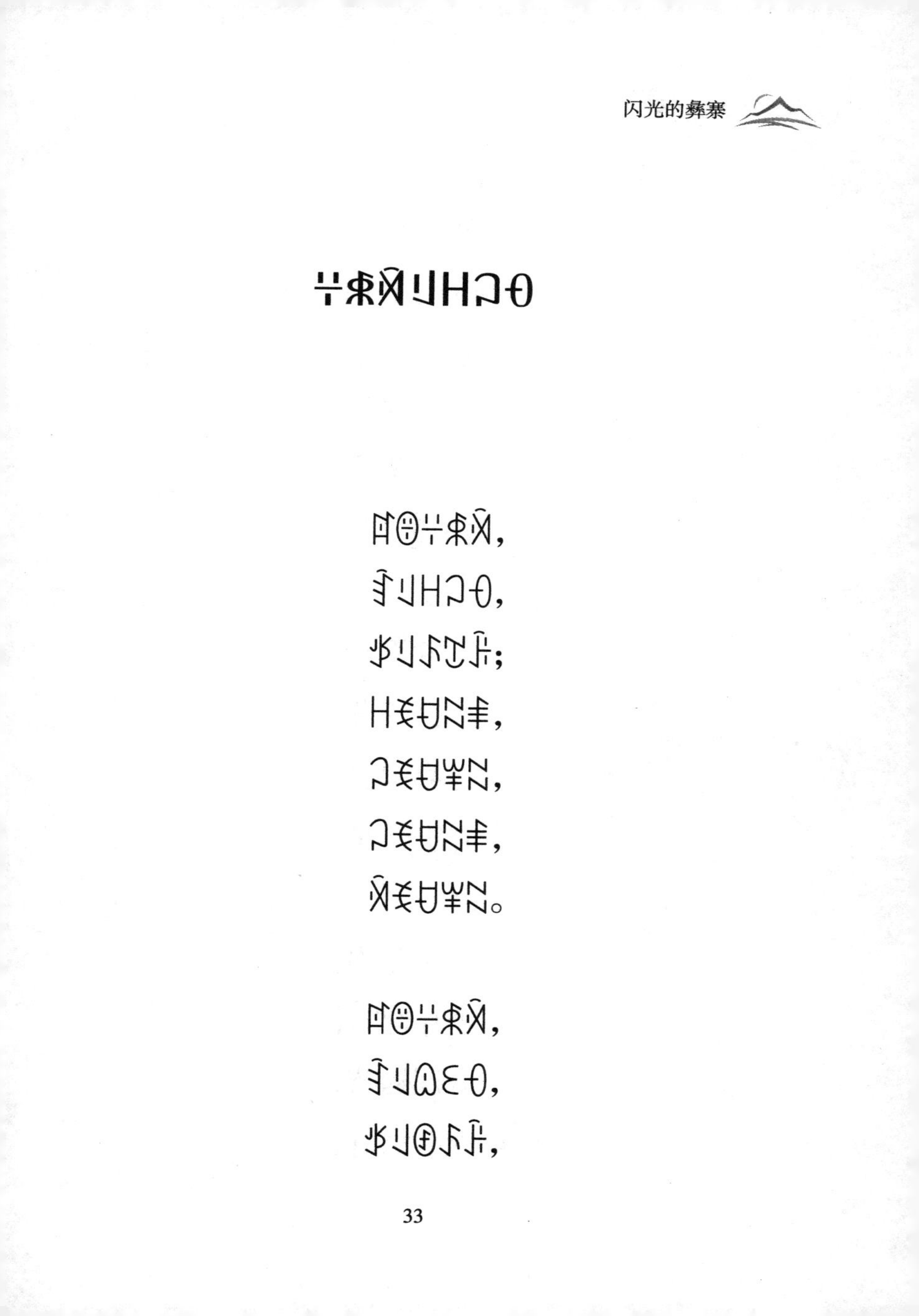

[illegible]

[illegible]，
[illegible]，
[illegible]；
[illegible]，
[illegible]，
[illegible]，
[illegible]。

[illegible]，
[illegible]，
[illegible]，

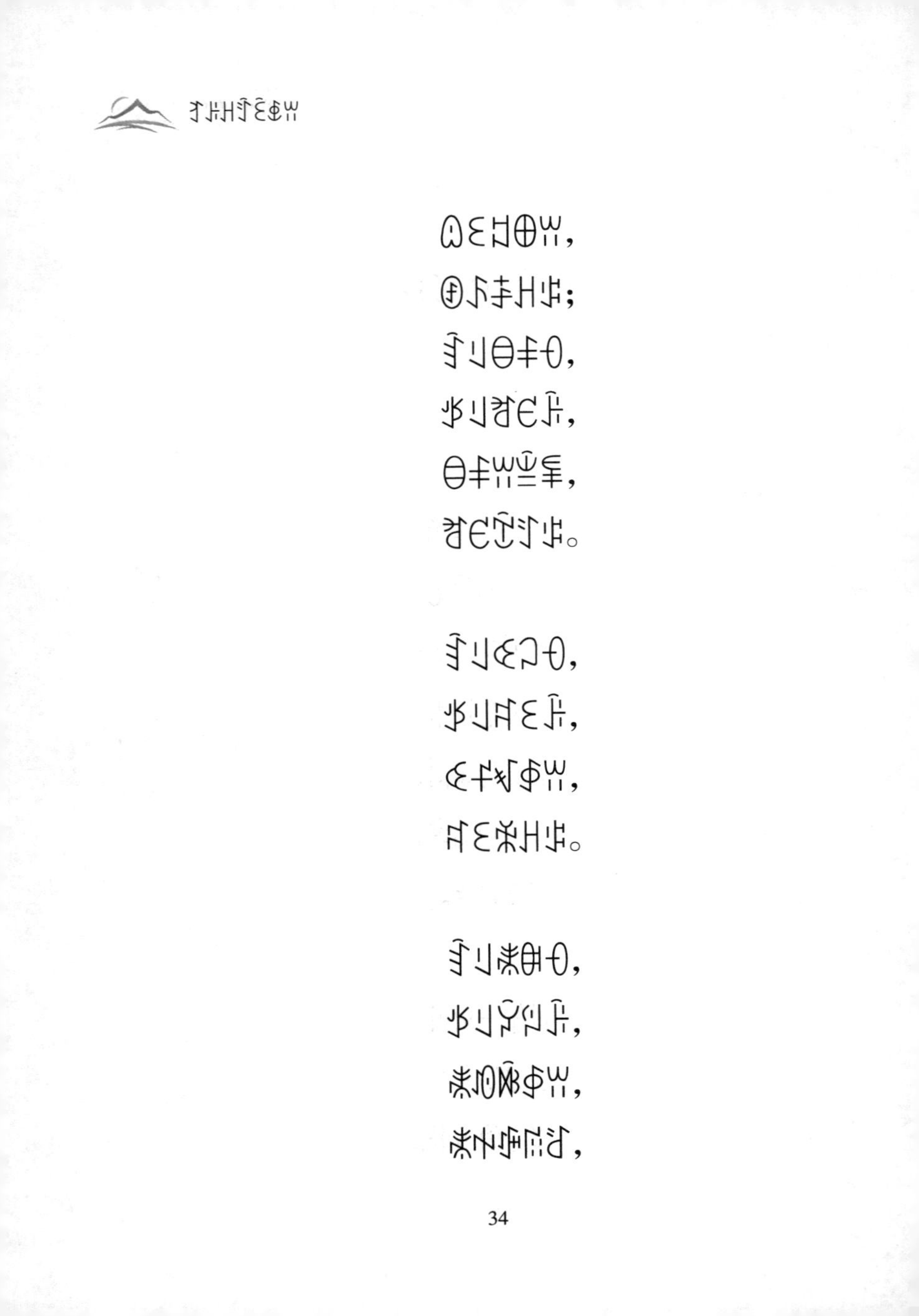

[illegible]，
[illegible]；
[illegible]，
[illegible]，
[illegible]，
[illegible]。

[illegible]，
[illegible]，
[illegible]，
[illegible]。

[illegible]，
[illegible]，
[illegible]，
[illegible]，

[illegible],
[illegible],
[illegible];
[illegible],
[illegible],
[illegible],
[illegible],
[illegible],
[illegible],
[illegible];
[illegible],
[illegible],
[illegible],
[illegible]:
[illegible],
[illegible],

[illegible]；
[illegible]，
[illegible]。
[illegible]，
[illegible]，
[illegible]，
[illegible]。

[illegible]，
[illegible]，
[illegible]，
[illegible]；
[illegible]，
[illegible]，
[illegible]，
[illegible]；

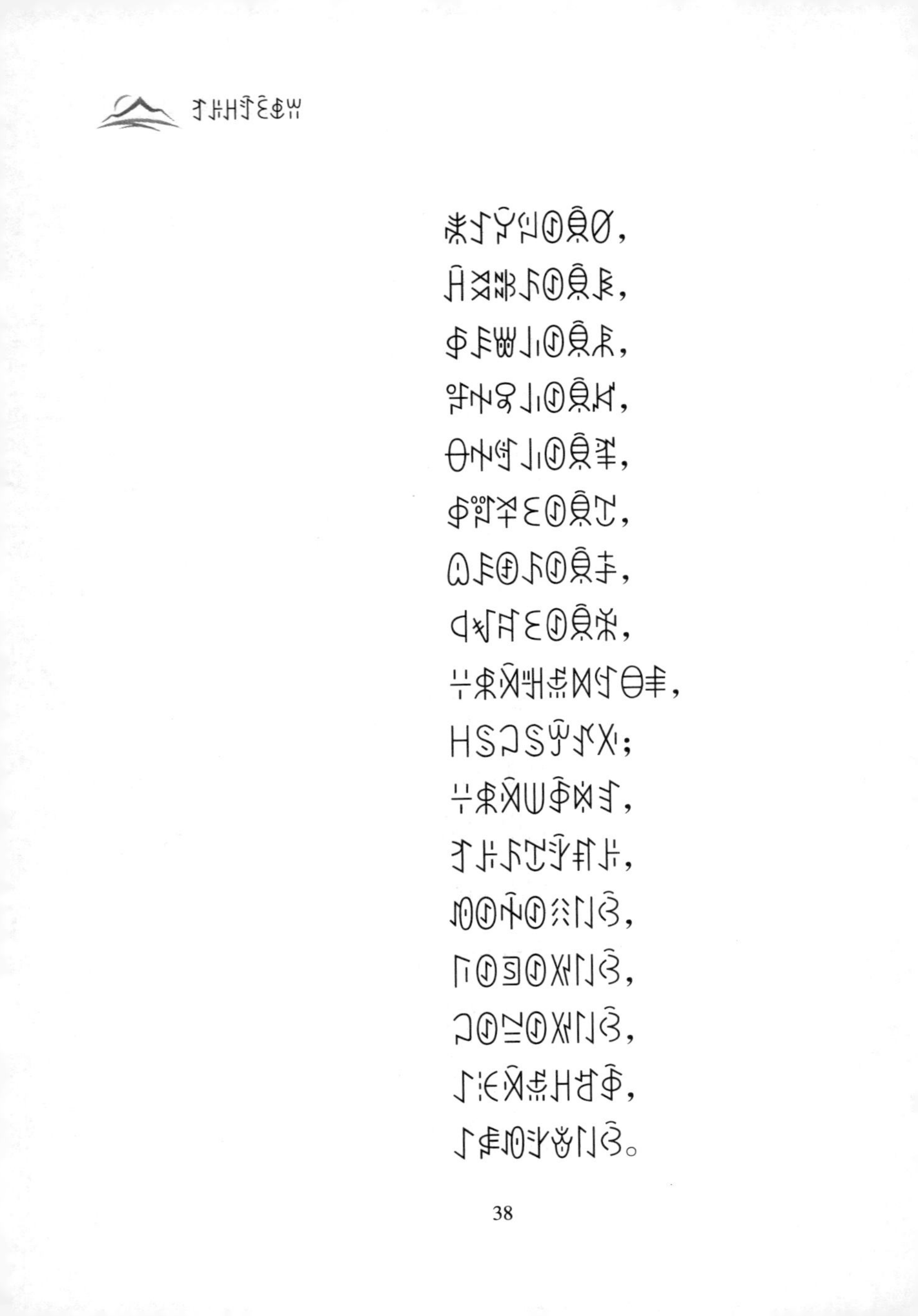

[illegible]

[illegible]，
[illegible]，
[illegible]；
[illegible]，
[illegible]，
[illegible]；
[illegible]，
[illegible]，
[illegible]；
[illegible]，
[illegible]，

[illegible];
[illegible],
[illegible],
[illegible];
[illegible],
[illegible],
[illegible];
[illegible],
[illegible],
[illegible];
[illegible],
[illegible],
[illegible]!

[illegible],
[illegible],

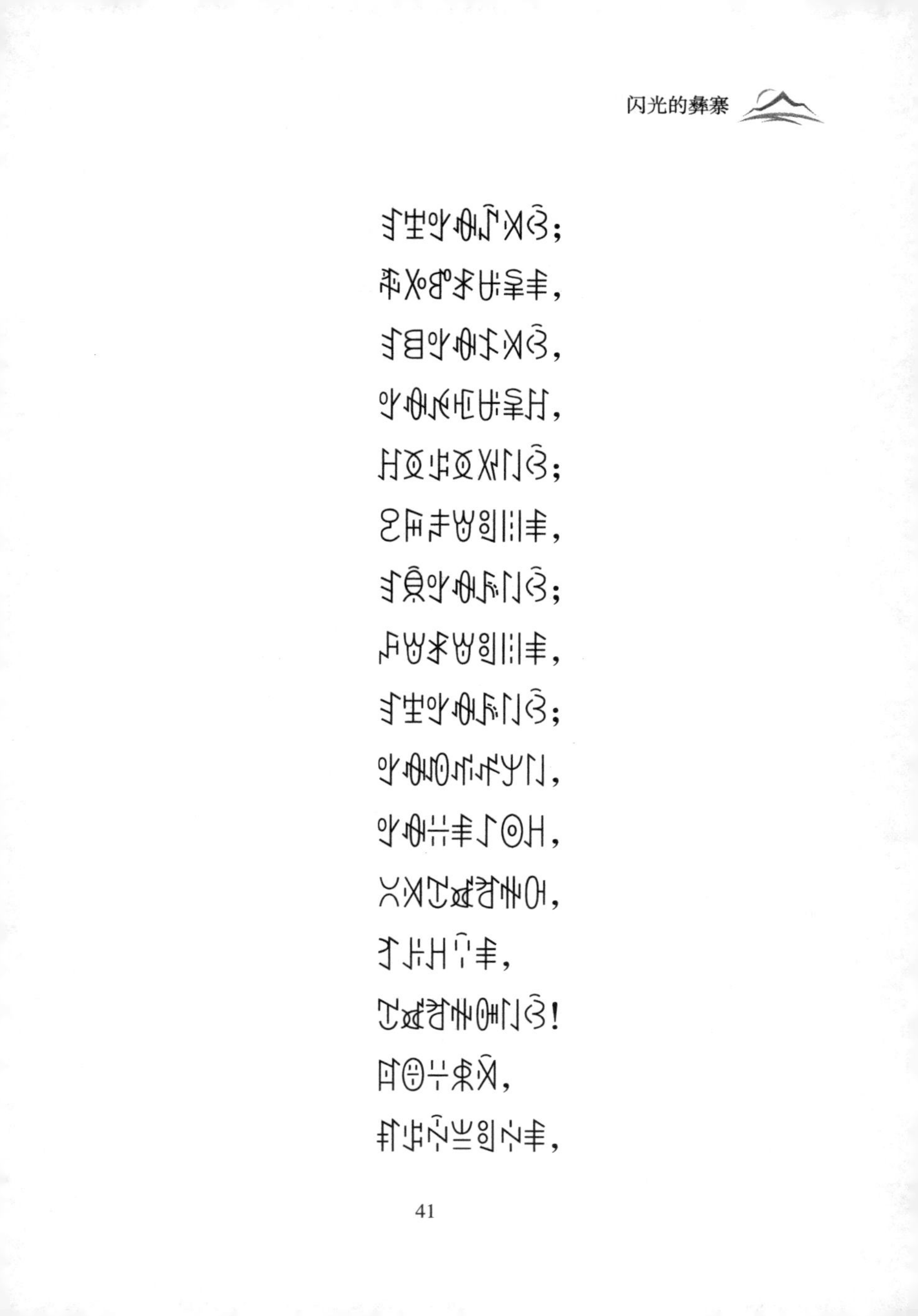

[illegible]，

[illegible]，

[illegible]。

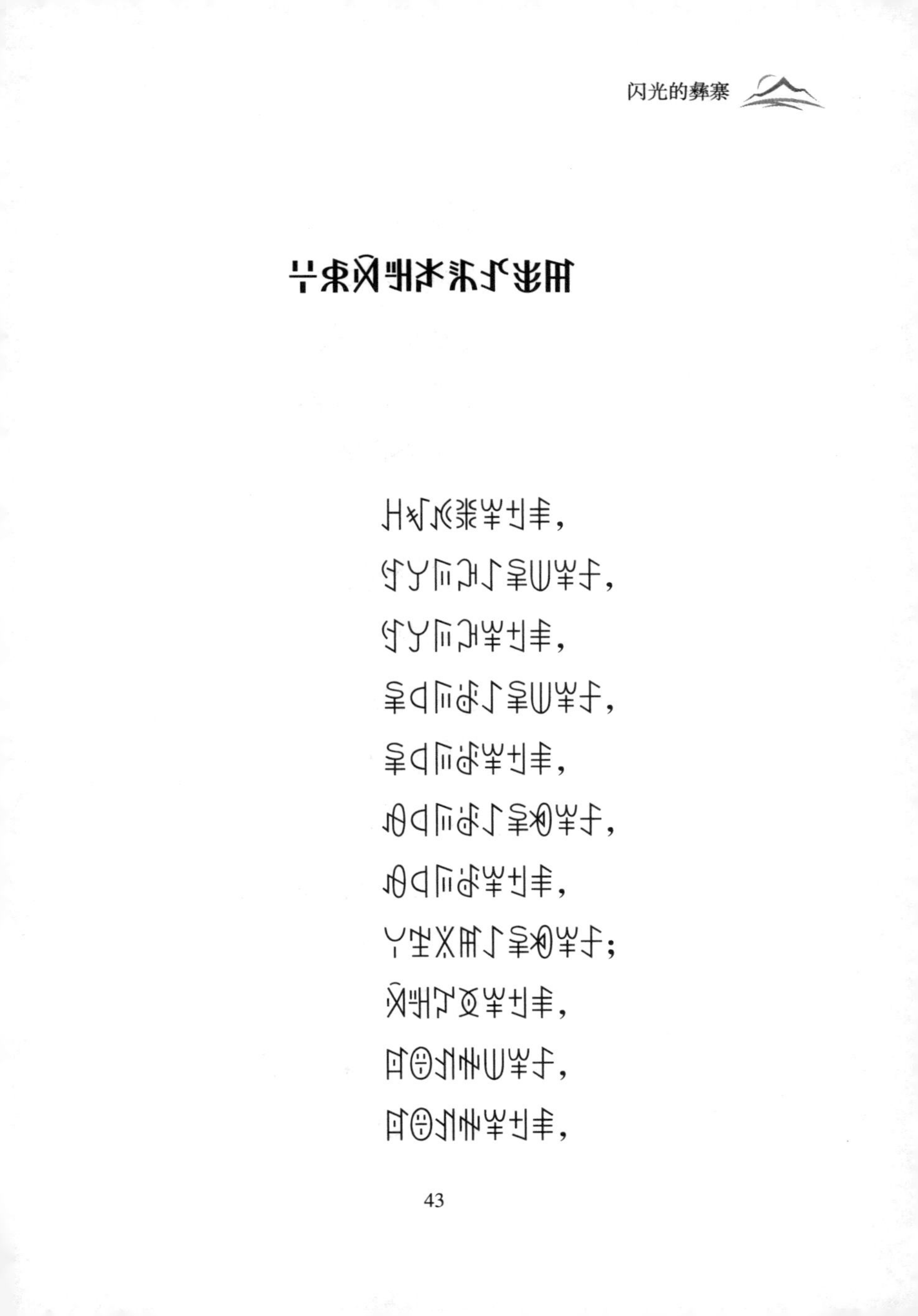

[illegible]

[illegible],
[illegible],
[illegible],
[illegible],
[illegible],
[illegible],
[illegible],
[illegible];
[illegible],
[illegible],
[illegible],

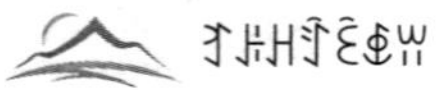

[illegible]，
[illegible]；
[illegible]，
[illegible]，
[illegible]，
[illegible]；
[illegible]，
[illegible]，
[illegible]，
[illegible]。
[illegible]，
[illegible]，
[illegible]，
[illegible]；
[illegible]，
[illegible]，

[illegible]，
[illegible]，
[illegible]，
[illegible]；
[illegible]，
[illegible]，
[illegible]，
[illegible]，
[illegible]；
[illegible]，
[illegible]，
[illegible]，
[illegible]，
[illegible]。

[illegible],
[illegible],
[illegible];
[illegible],
[illegible];
[illegible],
[illegible];
[illegible],
[illegible];
[illegible],
[illegible];
[illegible],
[illegible];
[illegible],
[illegible];
[illegible],

[illegible]。
[illegible]，
[illegible]；
[illegible]，
[illegible]；
[illegible]，
[illegible]，
[illegible]，
[illegible]；
[illegible]，
[illegible]，
[illegible]，
[illegible]，
[illegible]。
[illegible]，
[illegible]；

[illegible]。
[illegible]，
[illegible]，
[illegible]，
[illegible]。
[illegible]，
[illegible]，
[illegible]，
[illegible]；
[illegible]，
[illegible]，
[illegible]。
[illegible]，
[illegible]，
[illegible]；
[illegible]，

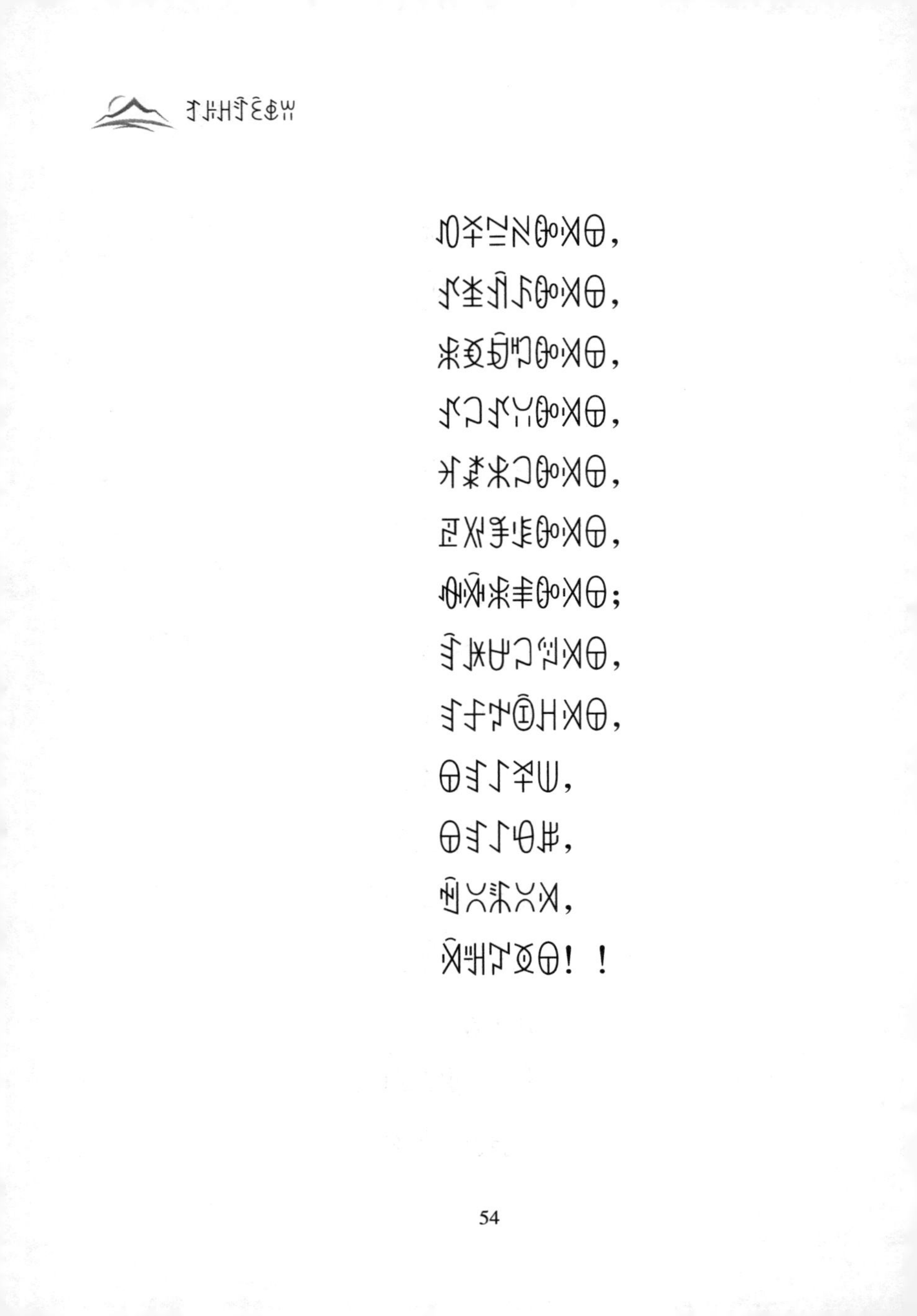

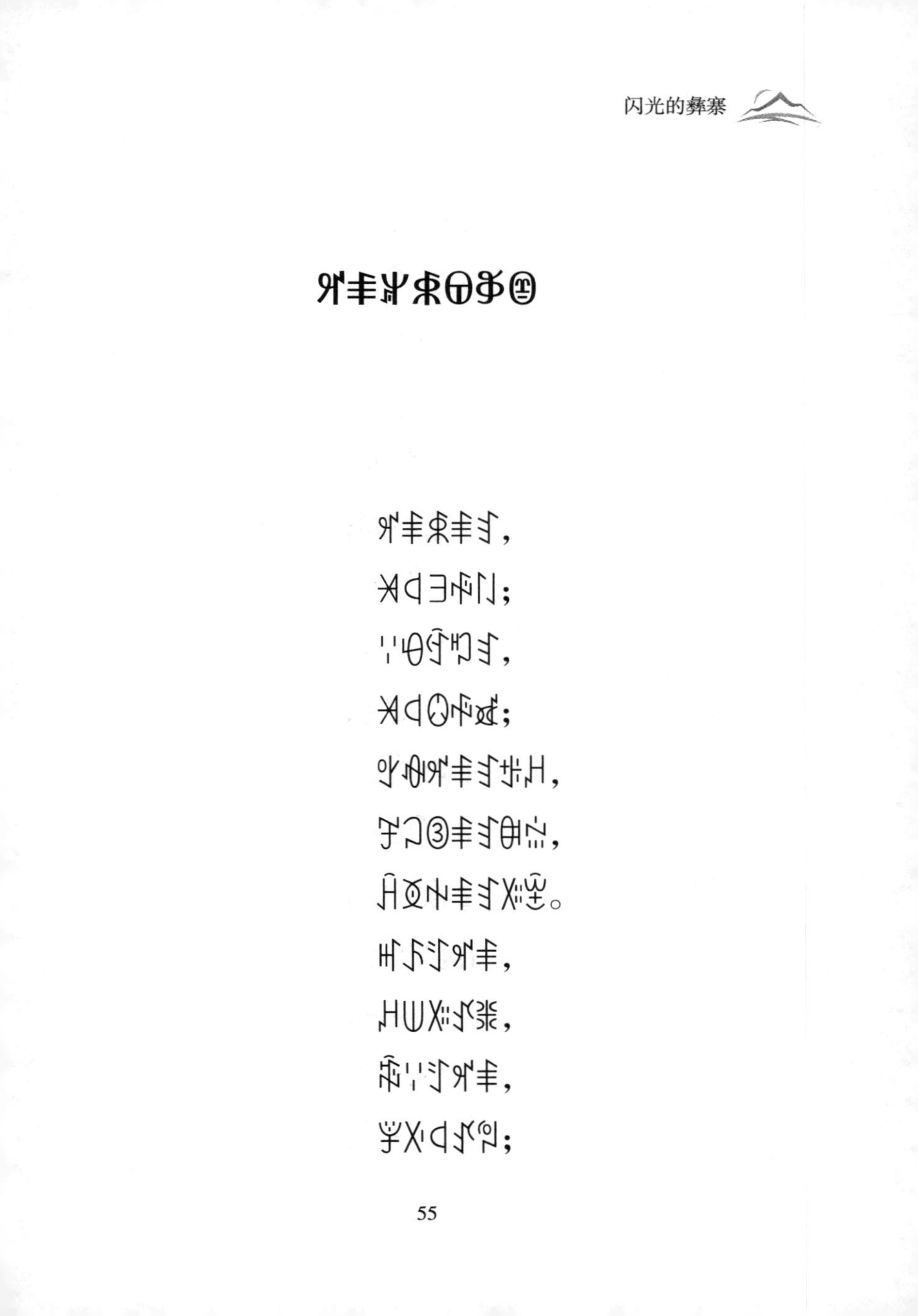

[illegible]

[illegible]，

[illegible]；

[illegible]，

[illegible]；

[illegible]，

[illegible]，

[illegible]。

[illegible]，

[illegible]，

[illegible]，

[illegible]；

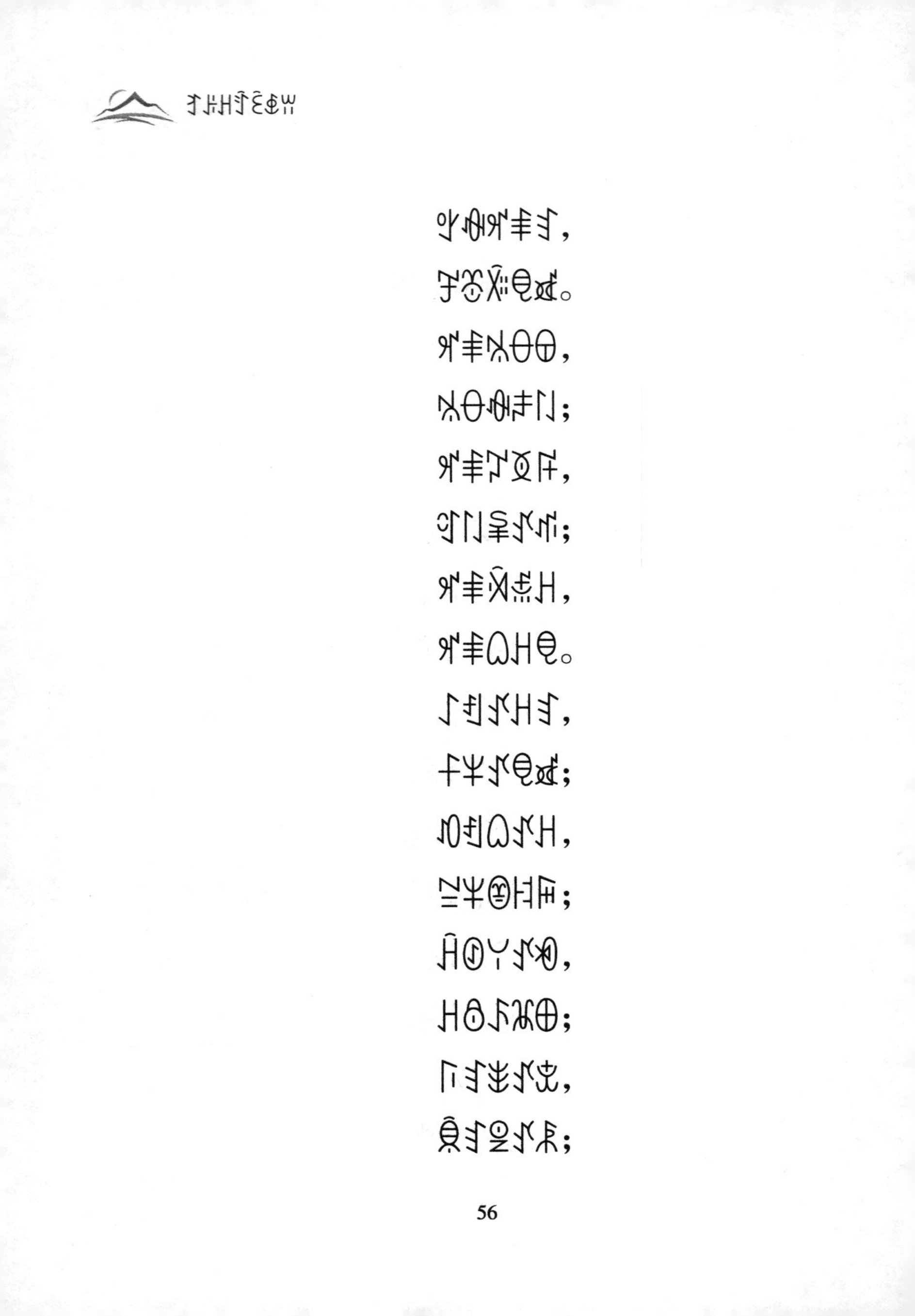

ꊿꃅꂷꏸꑟ，

ꀋꌋꃀꏸꉢ；

ꆈꌠꃴꅉꉌ，

ꊂꋋꎔꐛꂿ；

ꉌꌠꋌꅉꉌ，

ꉌꑭꐛꄻꀕ。

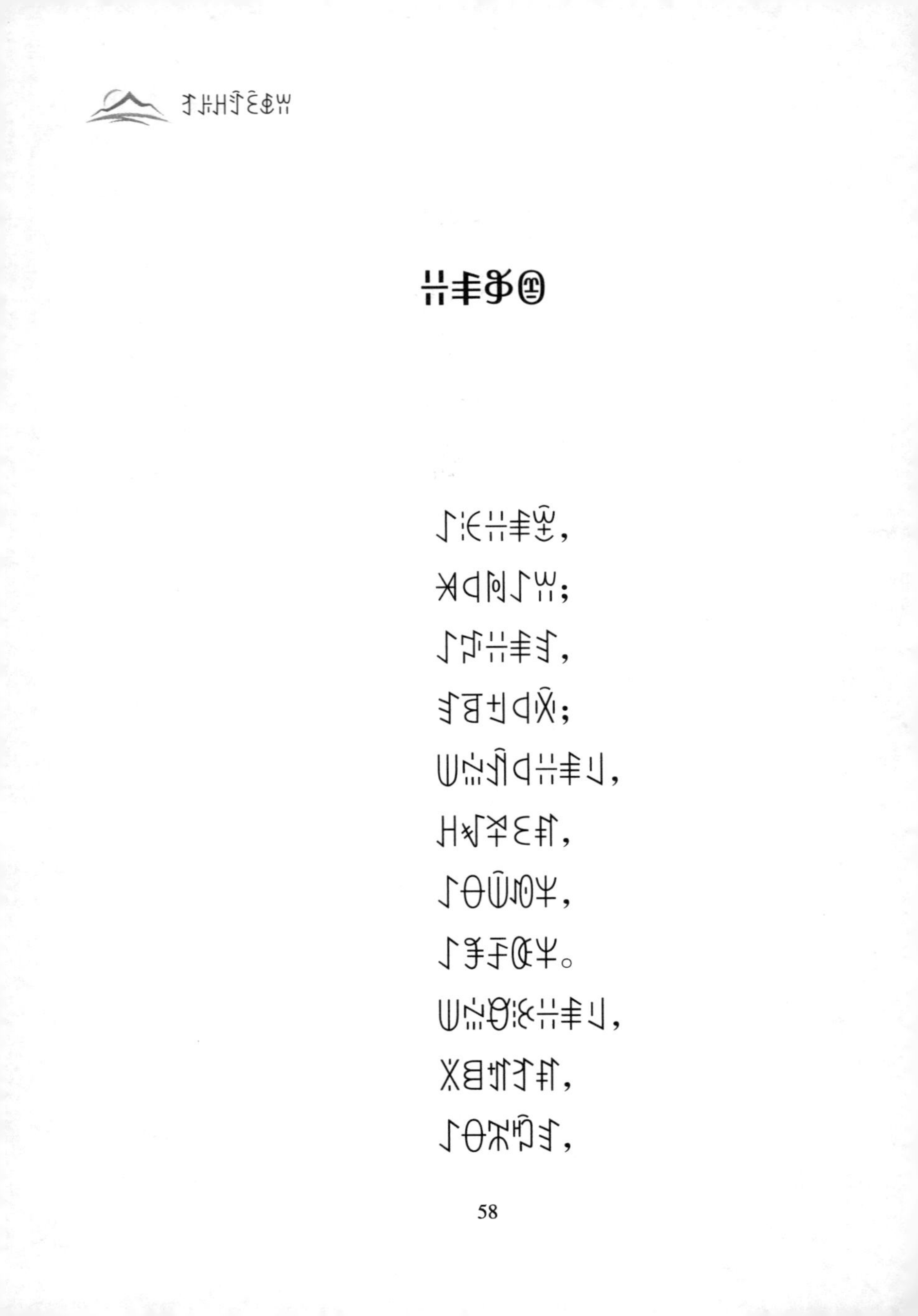

[illegible]。
[illegible]，
[illegible]，
[illegible]，
[illegible]。
[illegible]，
[illegible]，
[illegible]，
[illegible]。
[illegible]，
[illegible]，
[illegible]，
[illegible]。
[illegible]，
[illegible]，
[illegible]。

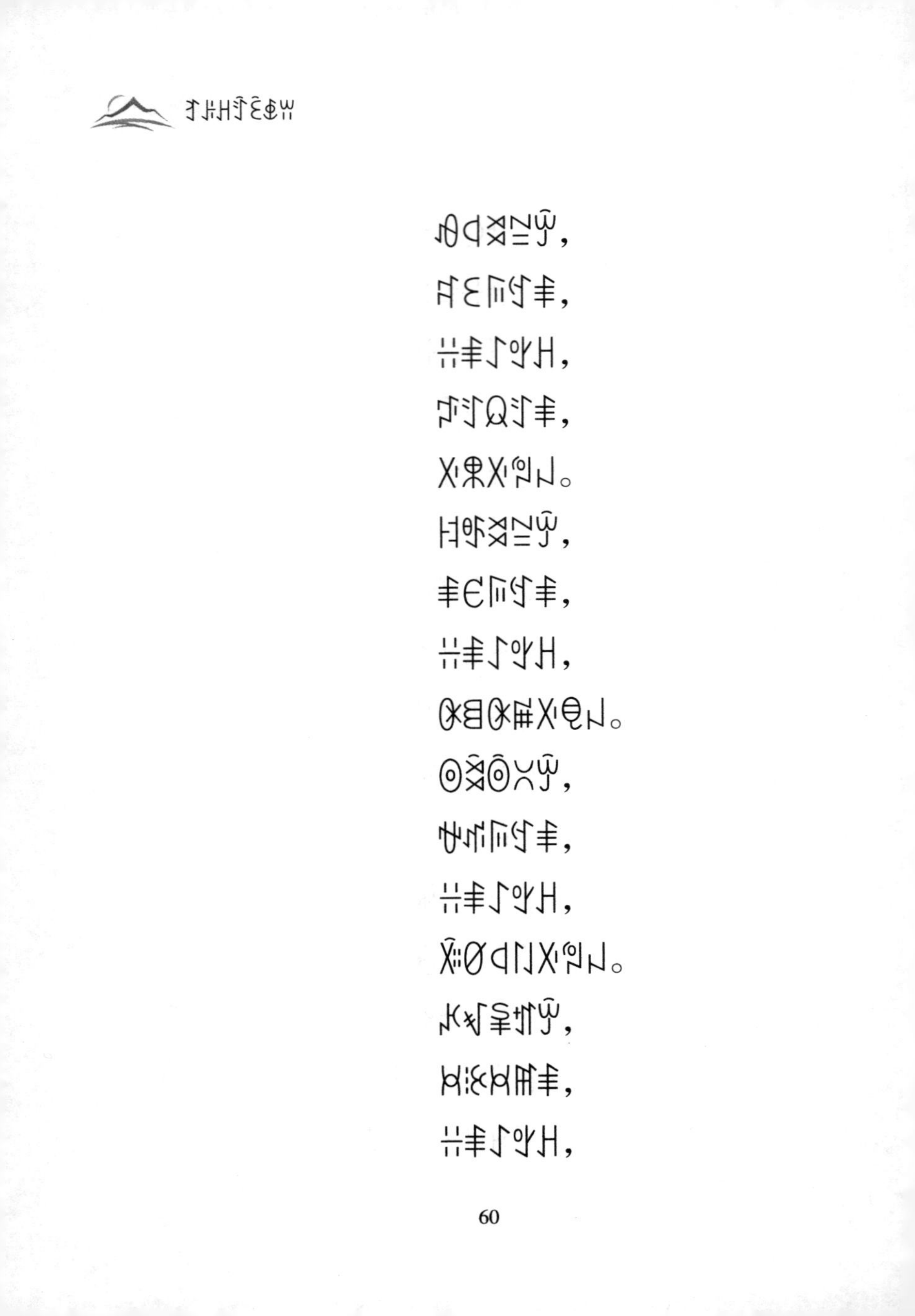

[illegible]，

[illegible]，

[illegible]，

[illegible]，

[illegible]。

[illegible]，

[illegible]，

[illegible]，

[illegible]。

[illegible]，

[illegible]，

[illegible]，

[illegible]。

[illegible]，

[illegible]，

[illegible]，

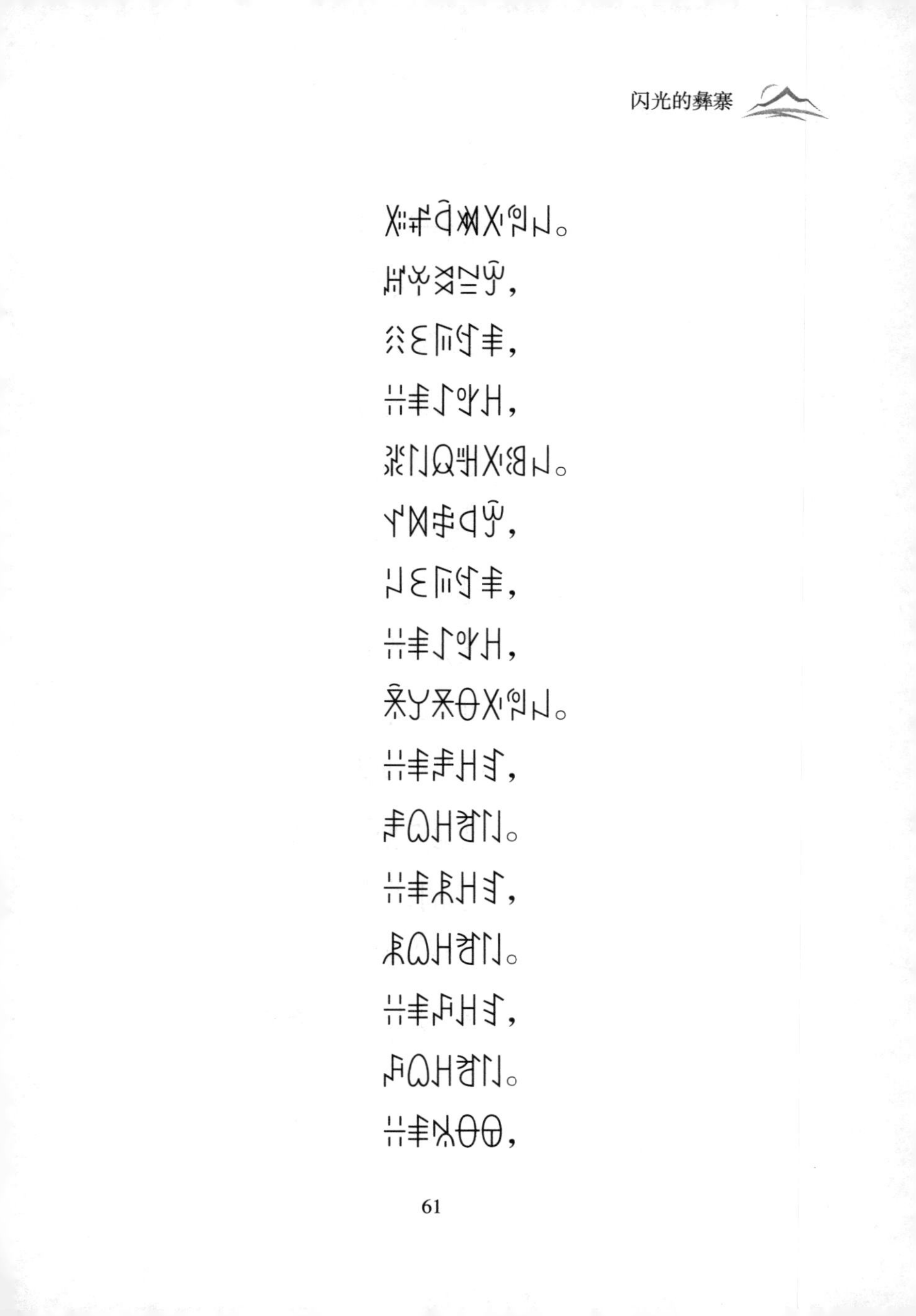

[illegible]。

[illegible]，

[illegible]。

[illegible]，

[illegible]。

[illegible]，

[illegible]，

[illegible]，

[illegible]，

[illegible]，

[illegible]，

[illegible]，

[illegible]，

[illegible]！

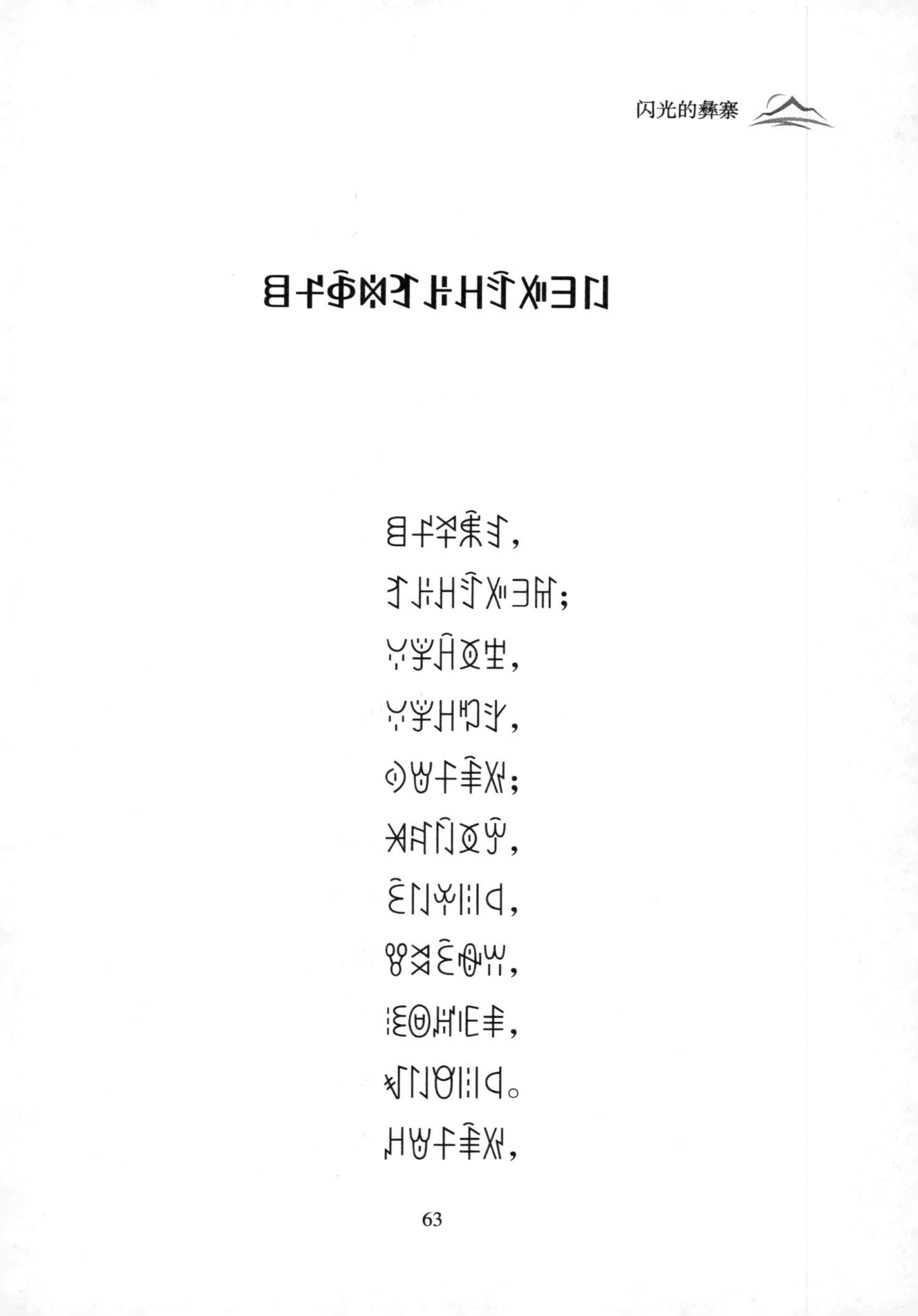

[illegible]

[illegible]，
[illegible]；
[illegible]，
[illegible]，
[illegible]；
[illegible]，
[illegible]，
[illegible]，
[illegible]，
[illegible]。
[illegible]，

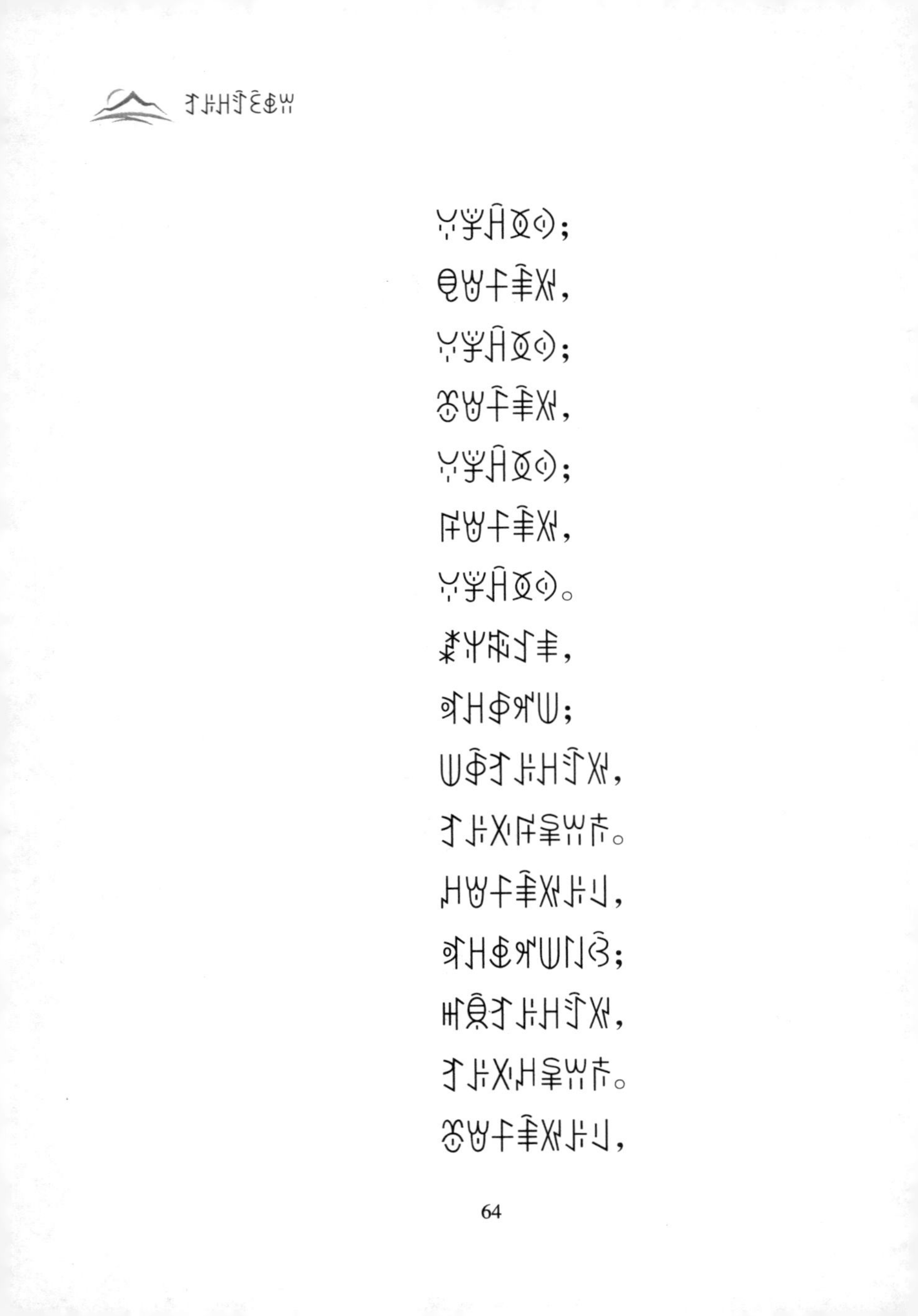

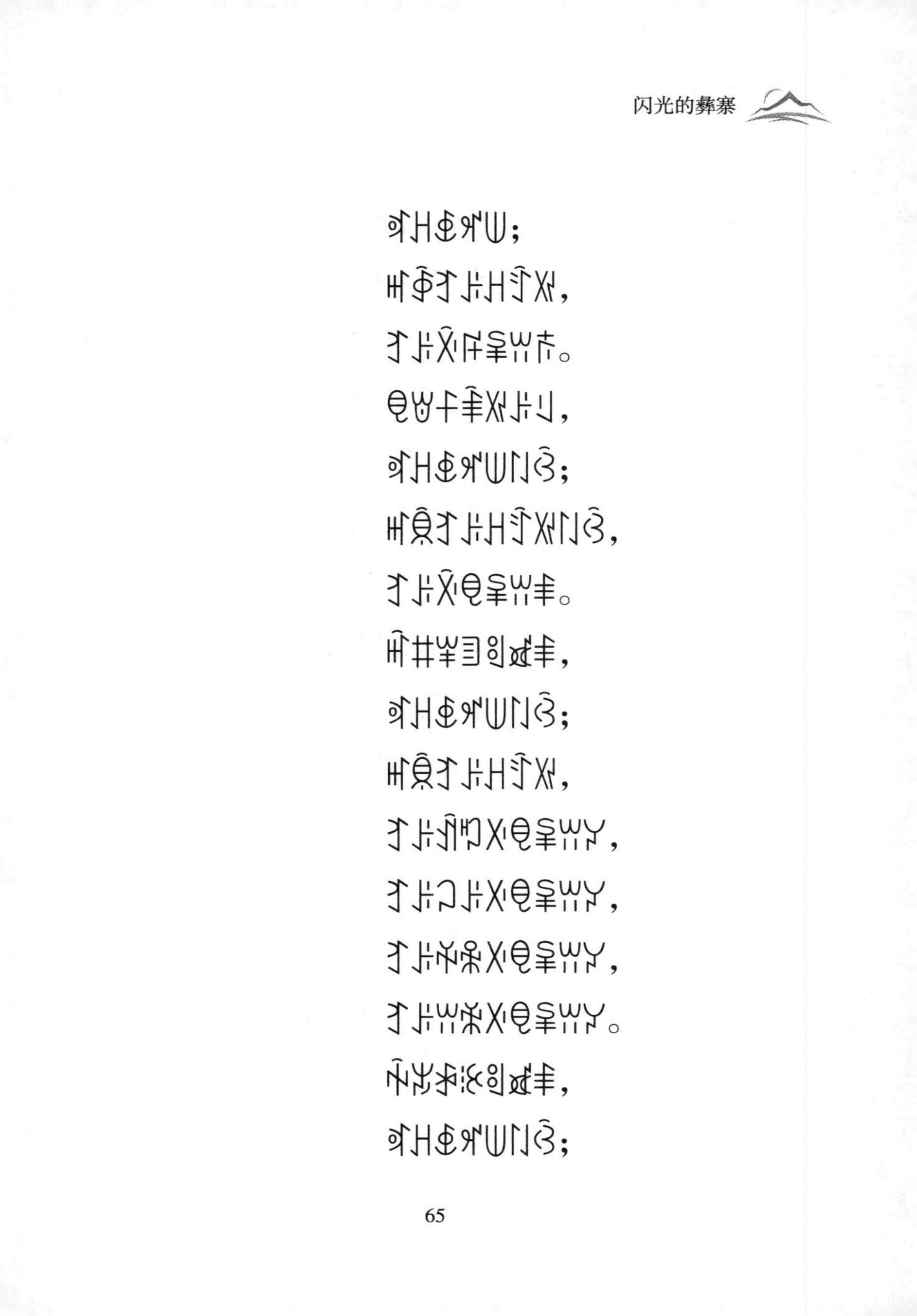

[illegible]；

[illegible]，

[illegible]。

[illegible]，

[illegible]；

[illegible]，

[illegible]。

[illegible]，

[illegible]；

[illegible]，

[illegible]，

[illegible]，

[illegible]，

[illegible]。

[illegible]，

[illegible]；

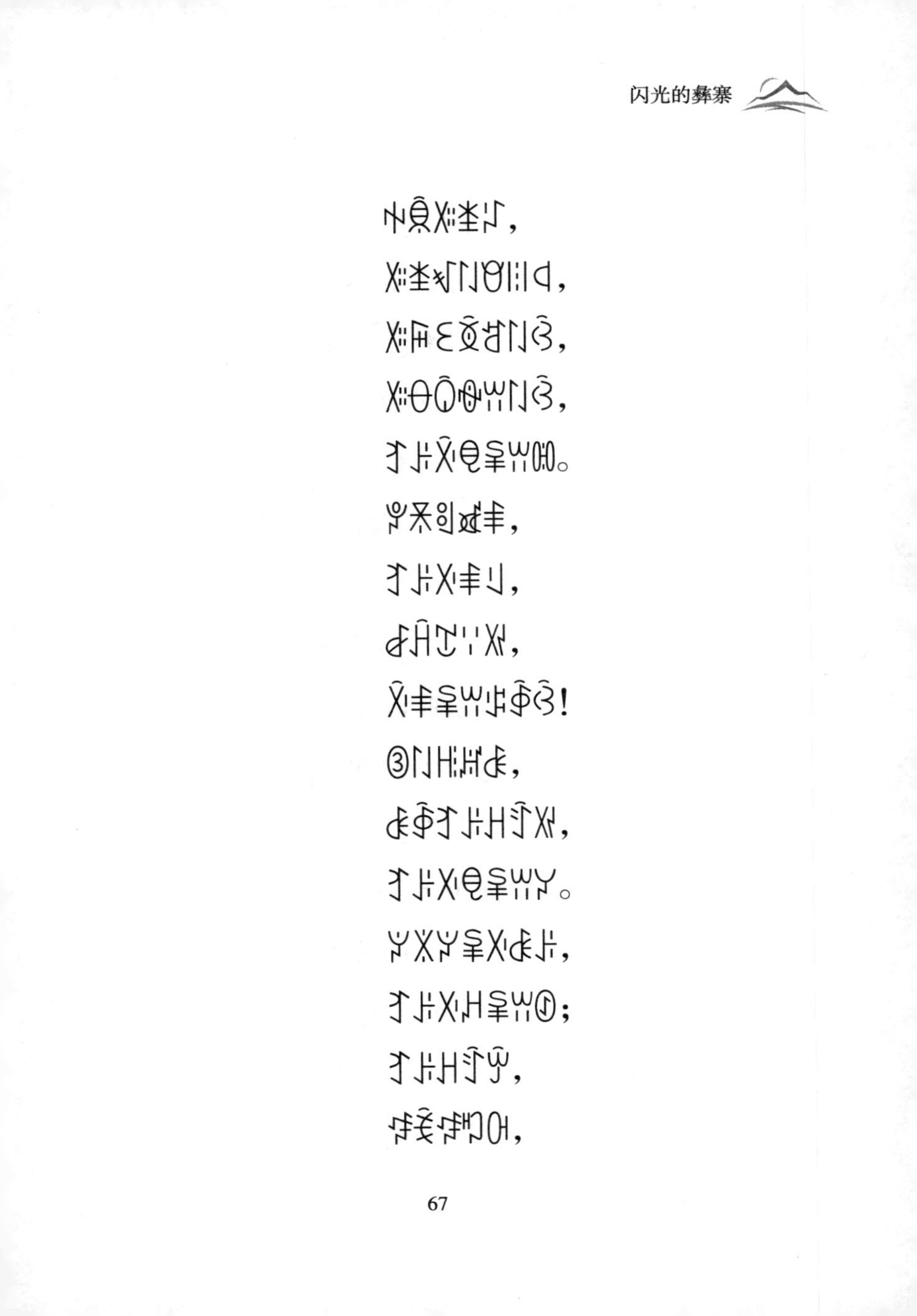

[illegible]，

[illegible]，

[illegible]，

[illegible]，

[illegible]。

[illegible]，

[illegible]，

[illegible]，

[illegible]！

[illegible]，

[illegible]，

[illegible]。

[illegible]，

[illegible]；

[illegible]，

[illegible]，

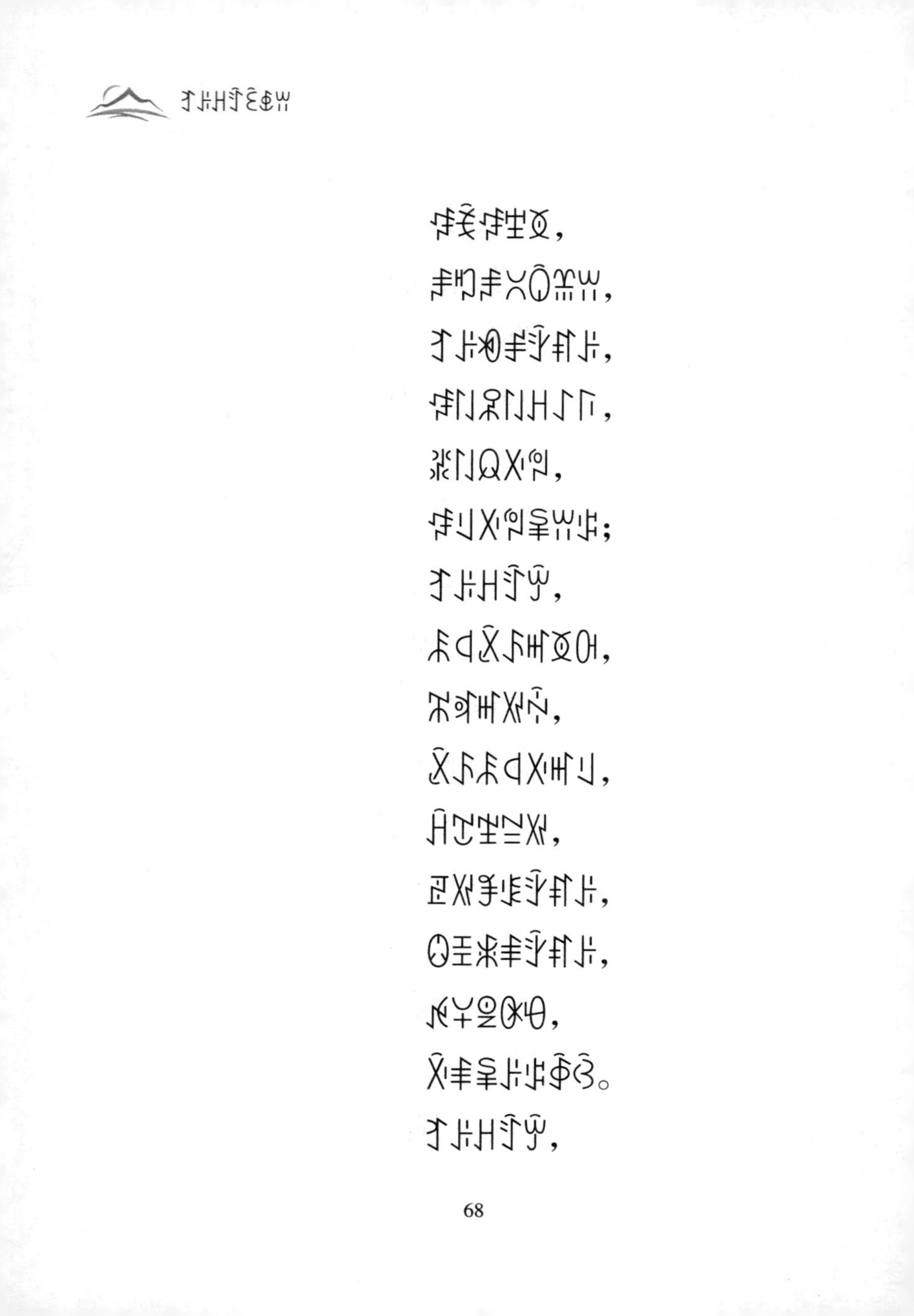

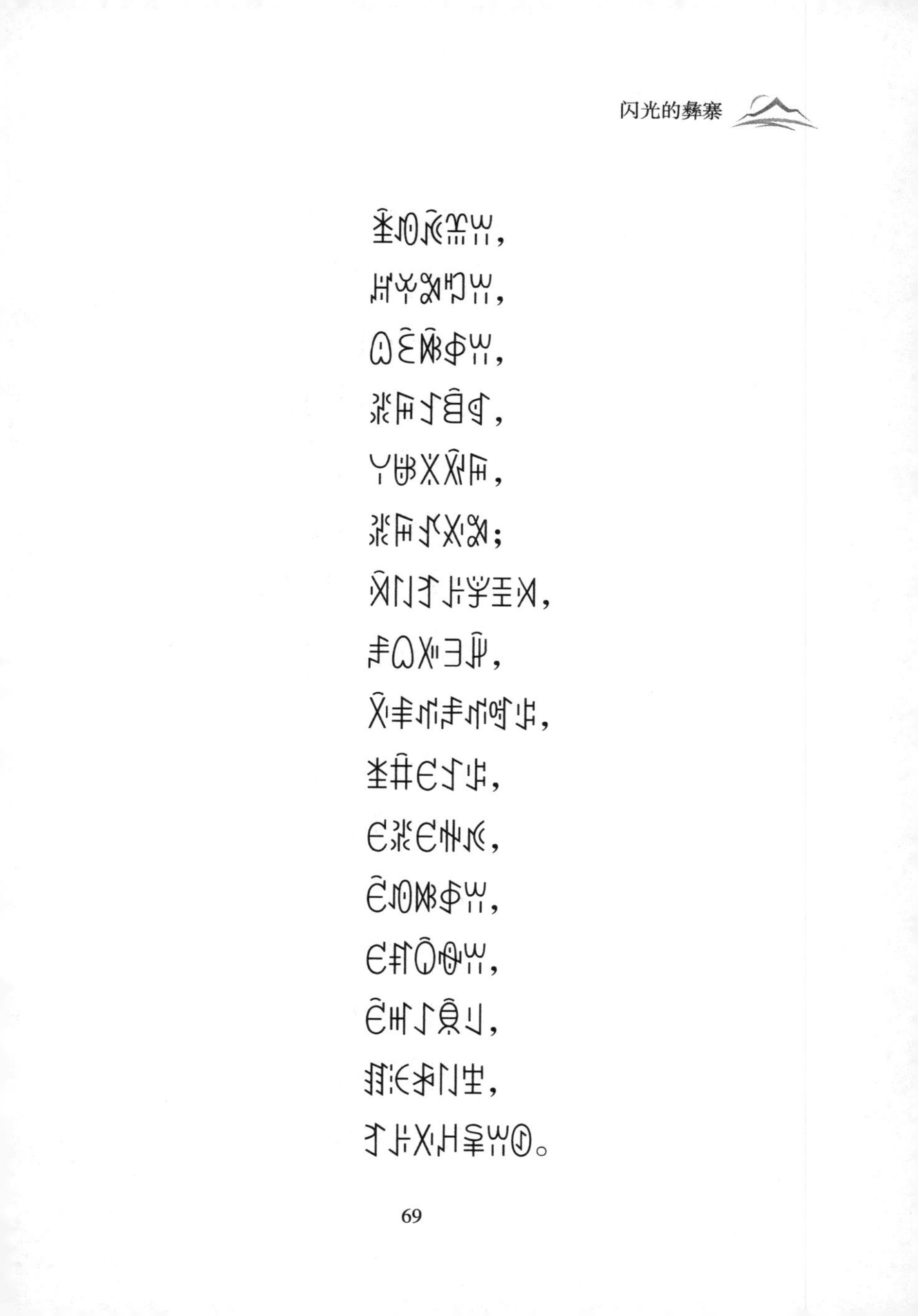

[illegible]，
[illegible]，
[illegible]，
[illegible]，
[illegible]，
[illegible]；
[illegible]，
[illegible]，
[illegible]，
[illegible]，
[illegible]，
[illegible]，
[illegible]，
[illegible]，
[illegible]，
[illegible]。

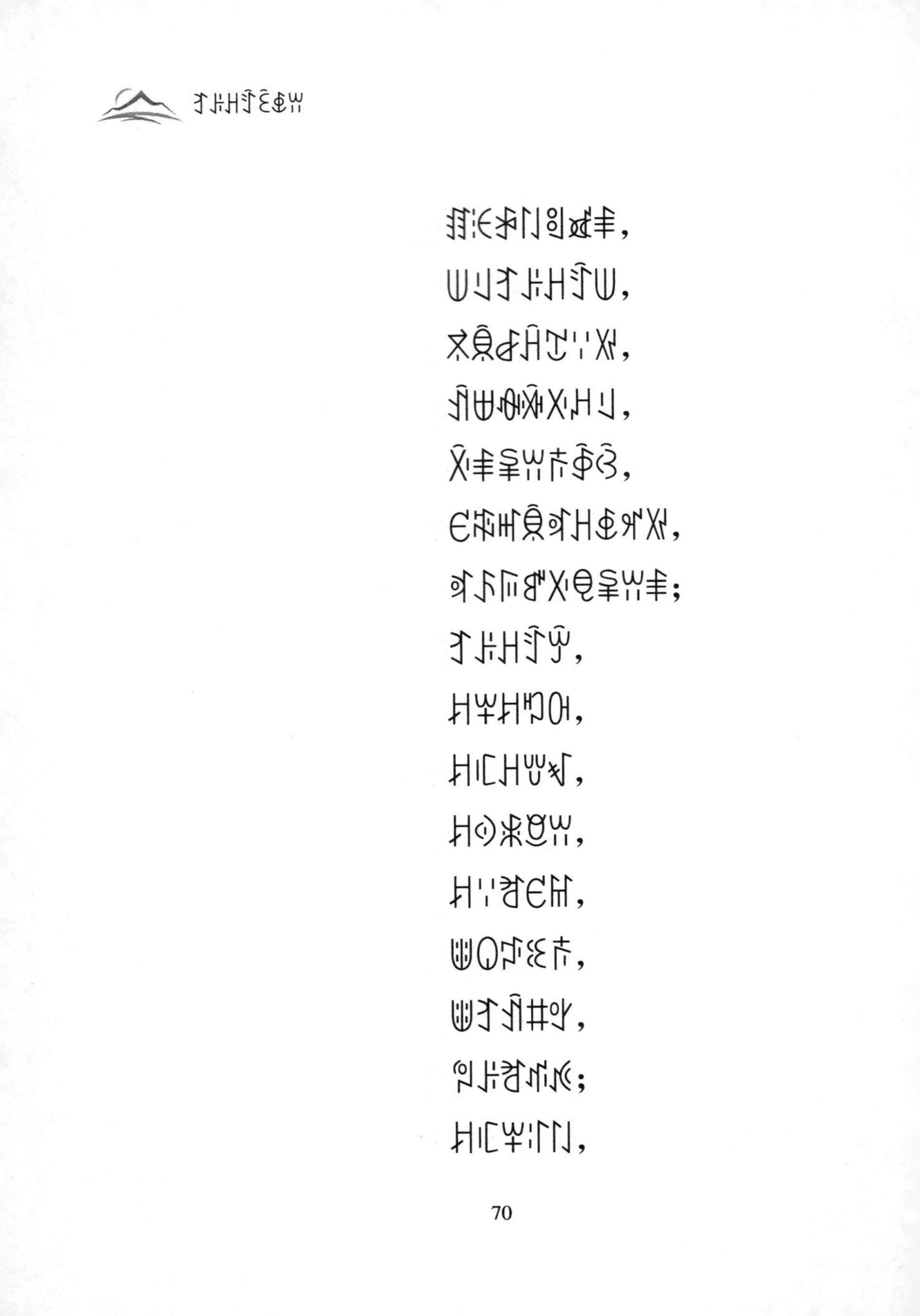

[illegible]，
[illegible]，
[illegible]，
[illegible]。
[illegible]，
[illegible]，
[illegible]，
[illegible]；
[illegible]，
[illegible]，
[illegible]。
[illegible]，
[illegible]，
[illegible]，
[illegible]，
[illegible]，

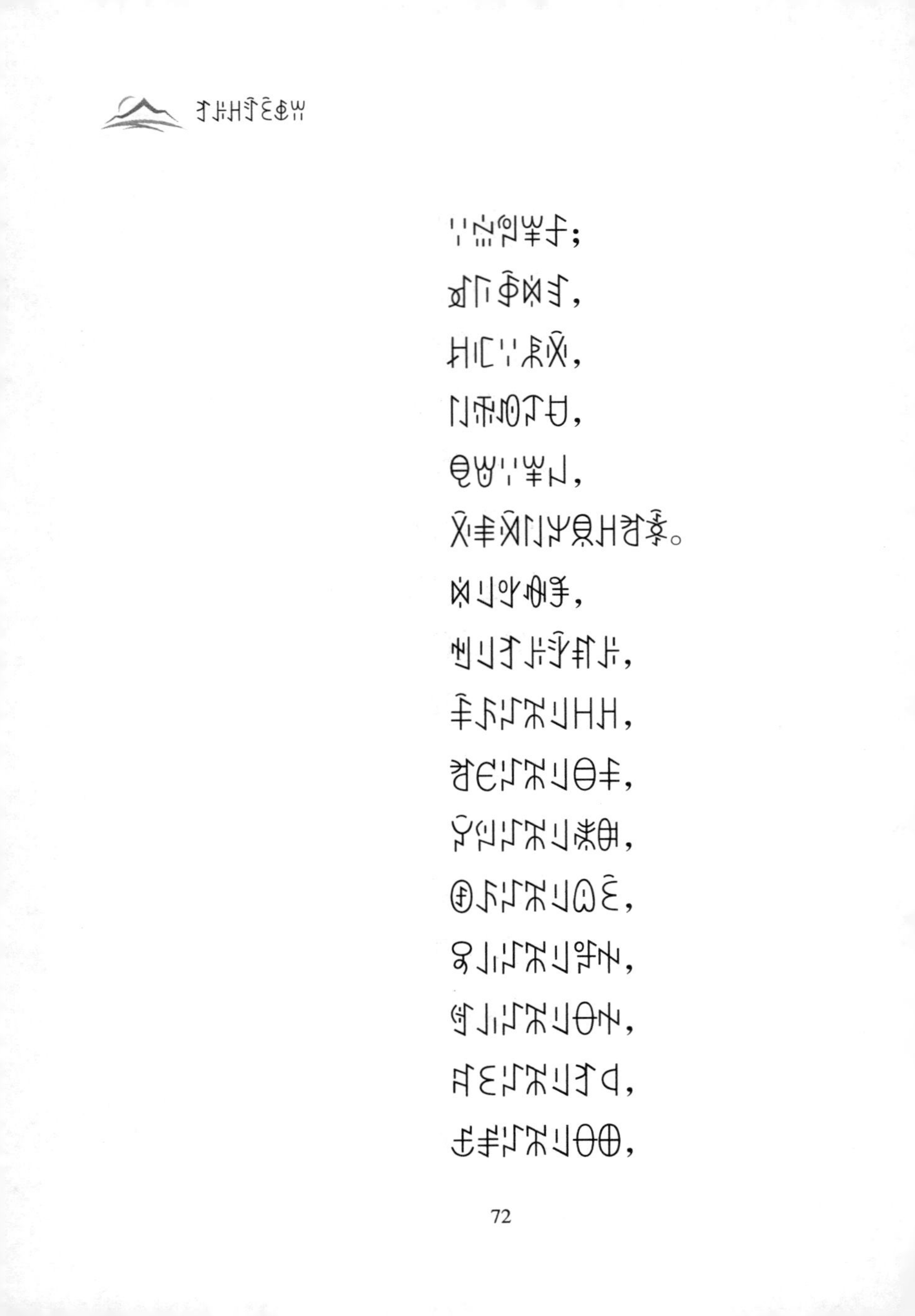

[illegible];

[illegible],

[illegible],

[illegible],

[illegible],

[illegible]。

[illegible],

[illegible],

[illegible],

[illegible],

[illegible],

[illegible],

[illegible],

[illegible],

[illegible],

[illegible],

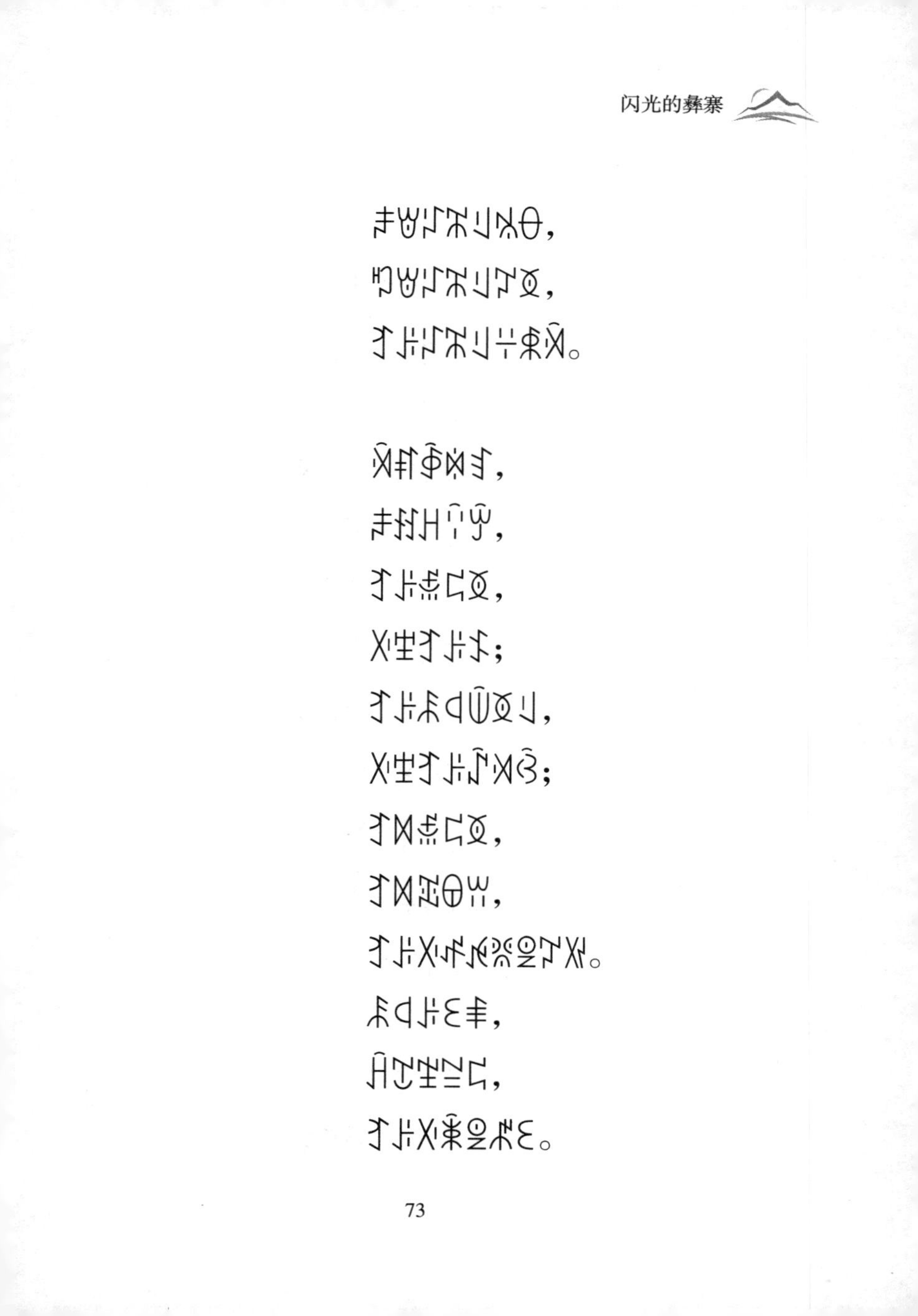

[illegible]，
[illegible]，
[illegible]。

[illegible]，
[illegible]，
[illegible]，
[illegible]；
[illegible]，
[illegible]；
[illegible]，
[illegible]，
[illegible]。
[illegible]，
[illegible]，
[illegible]。

[illegible]，
[illegible]，
[illegible]，
[illegible]，
[illegible]，
[illegible]，
[illegible]。
[illegible]，
[illegible]，
[illegible]，
[illegible]。
[illegible]，
[illegible]，
[illegible]！
[illegible]，

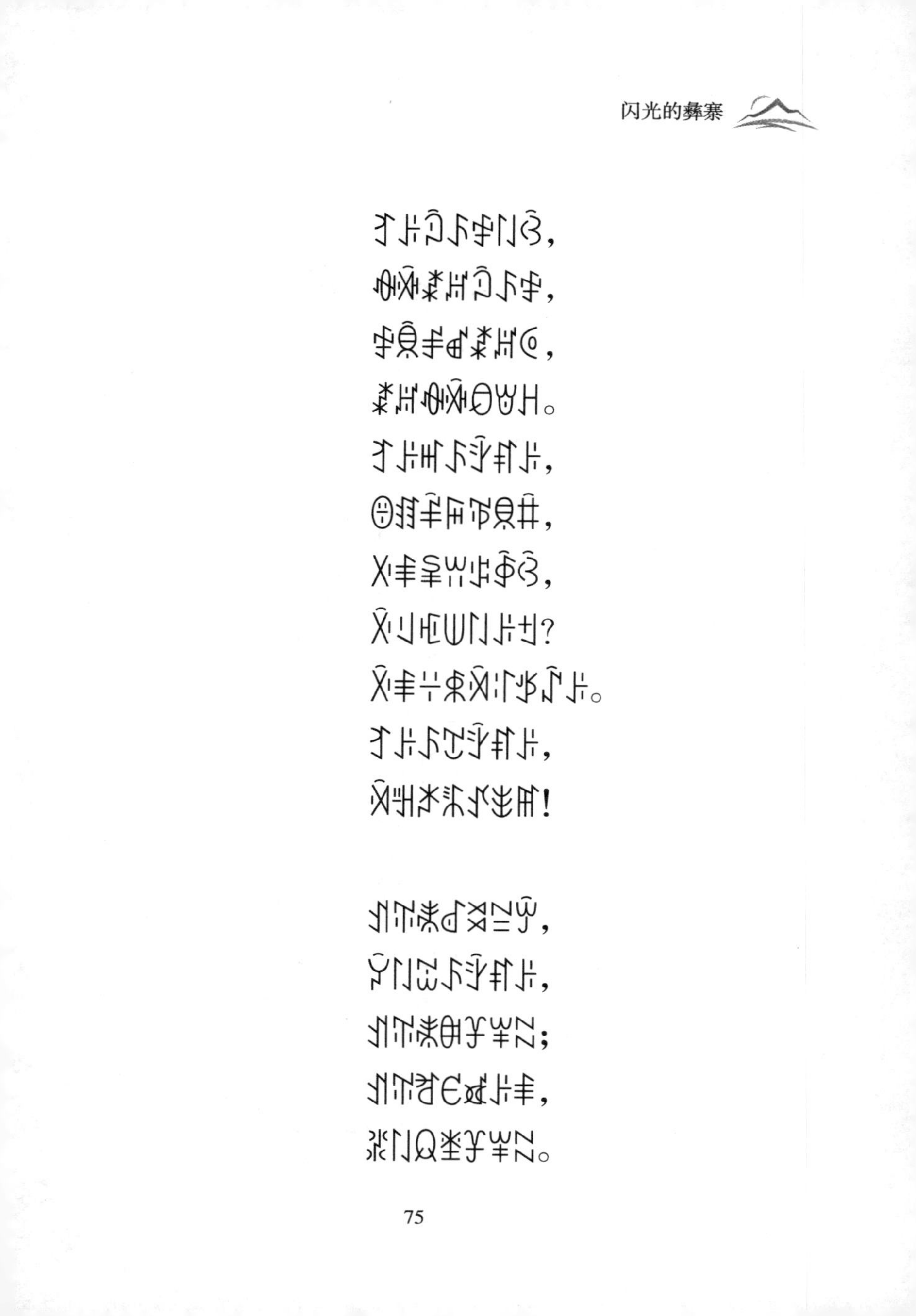

[illegible]，
[illegible]，
[illegible]，
[illegible]。
[illegible]，
[illegible]，
[illegible]，
[illegible]？
[illegible]。
[illegible]，
[illegible]！

[illegible]，
[illegible]，
[illegible]；
[illegible]，
[illegible]。

[illegible]

[illegible],
[illegible],
[illegible],
[illegible],
[illegible];
[illegible],
[illegible],
[illegible],
[illegible],
[illegible],
[illegible];

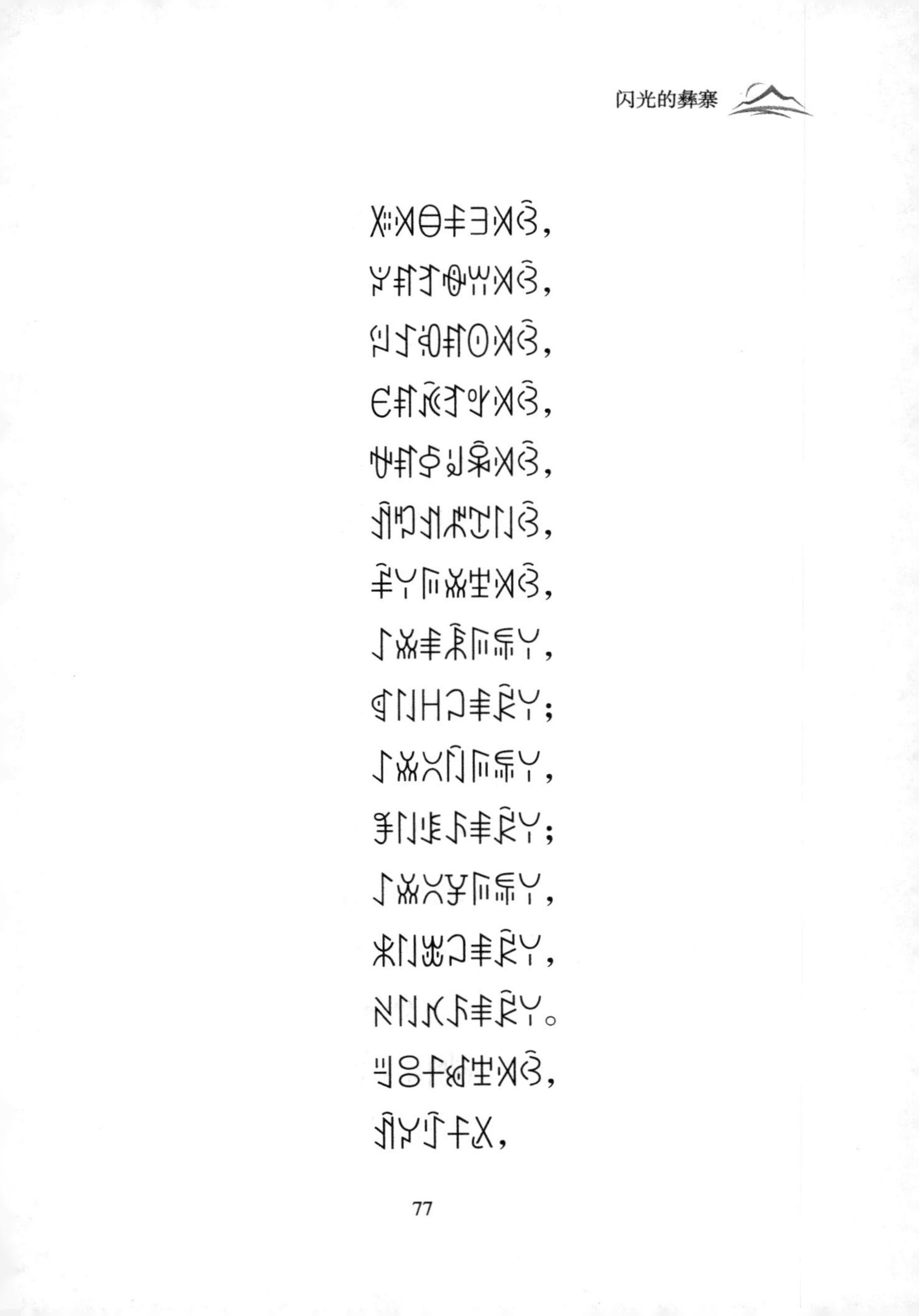

[illegible]，
[illegible]，
[illegible]，
[illegible]，
[illegible]，
[illegible]，
[illegible]，
[illegible]，
[illegible]；
[illegible]，
[illegible]；
[illegible]，
[illegible]，
[illegible]。
[illegible]，
[illegible]，

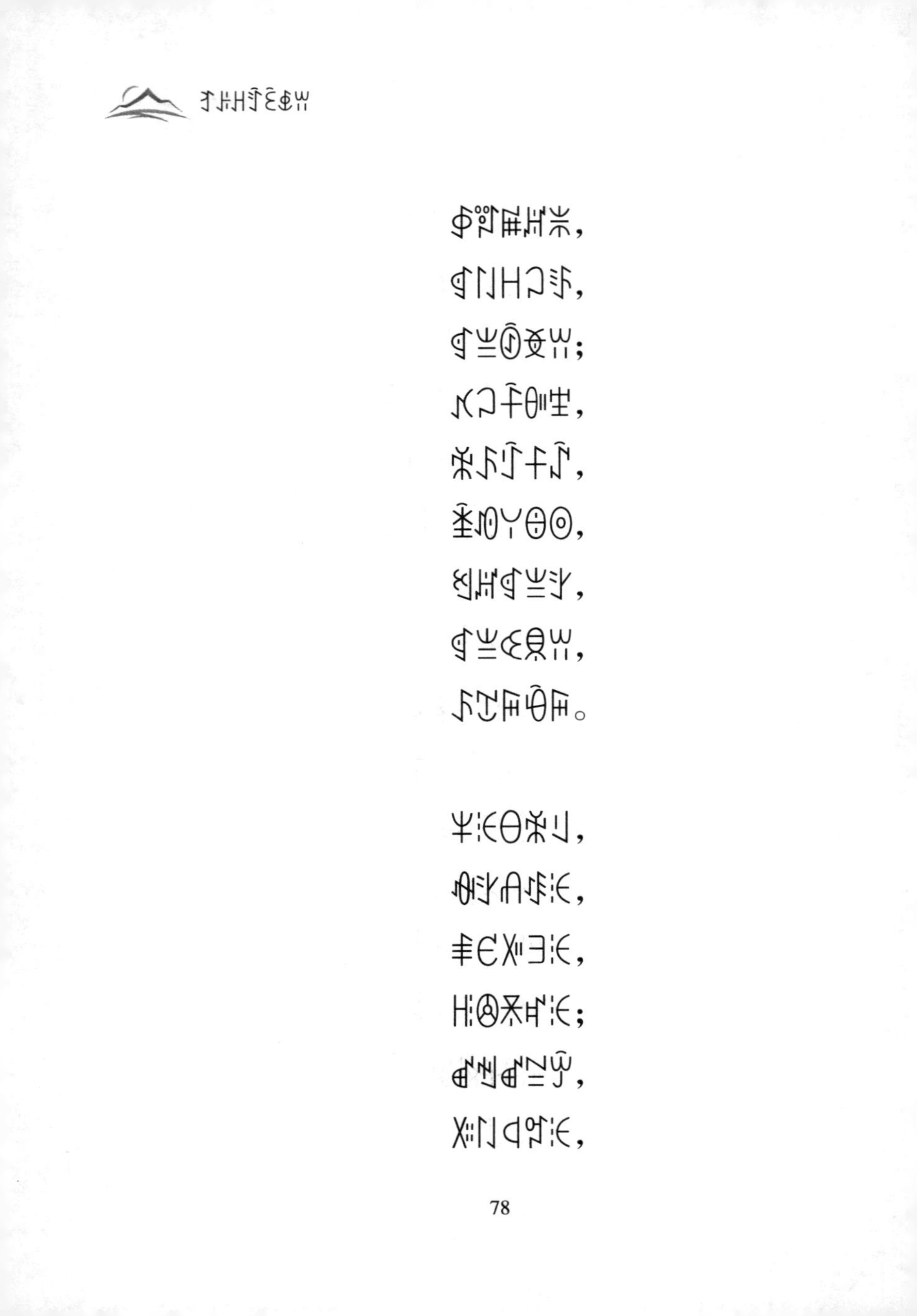

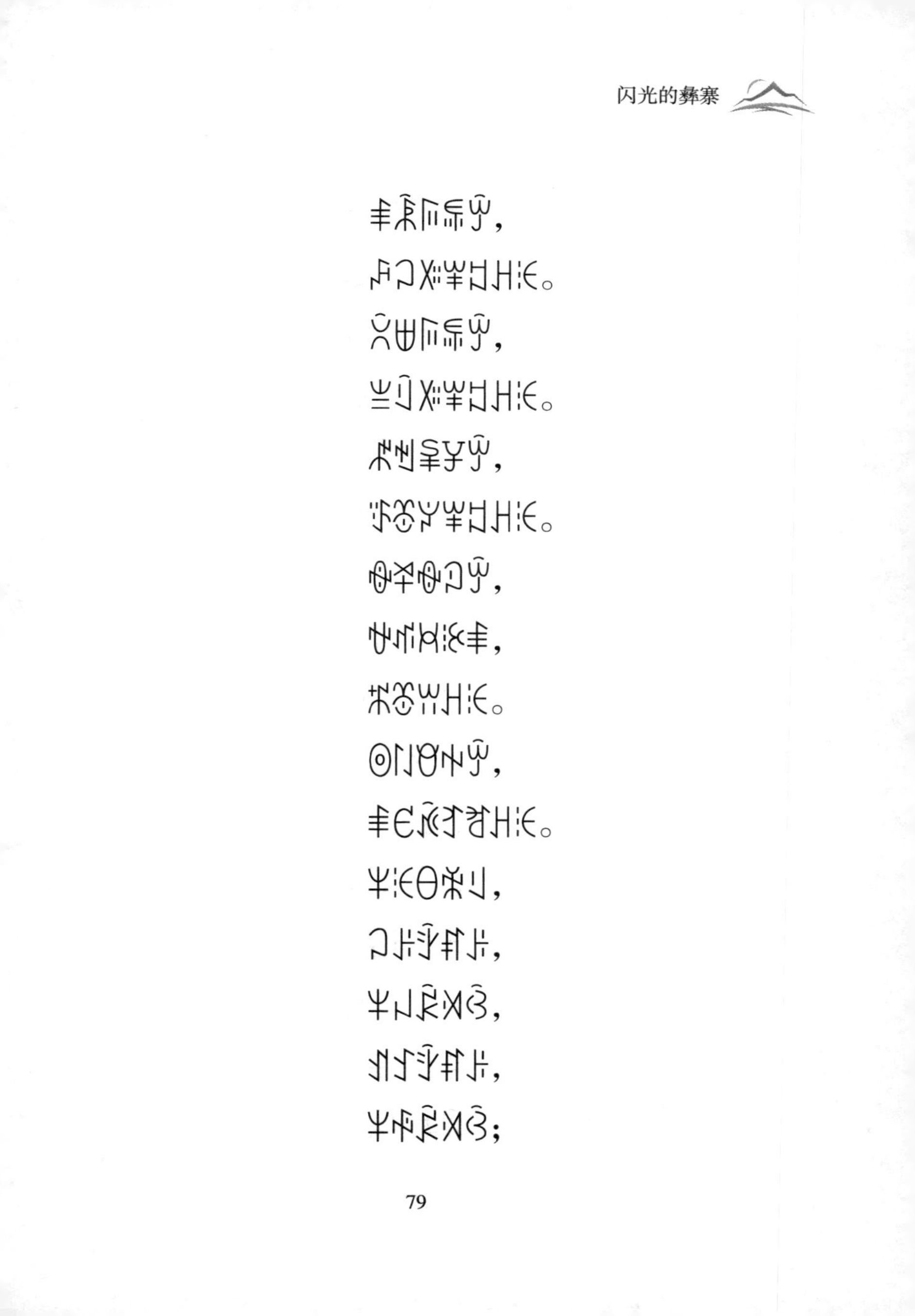

[illegible]，
[illegible]。
[illegible]，
[illegible]。
[illegible]，
[illegible]。
[illegible]，
[illegible]，
[illegible]。
[illegible]，
[illegible]。
[illegible]，
[illegible]，
[illegible]，
[illegible]，
[illegible]；

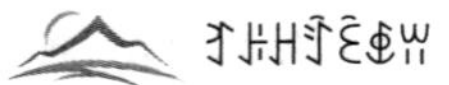

[illegible]，
[illegible]，
[illegible]，
[illegible]，
[illegible]；
[illegible]，
[illegible]，
[illegible]，
[illegible]，
[illegible]，
[illegible]，
[illegible]。
[illegible]，
[illegible]，
[illegible]，
[illegible]，

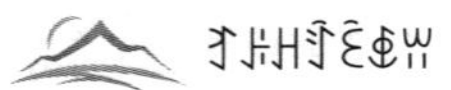

[illegible]!

[illegible]!

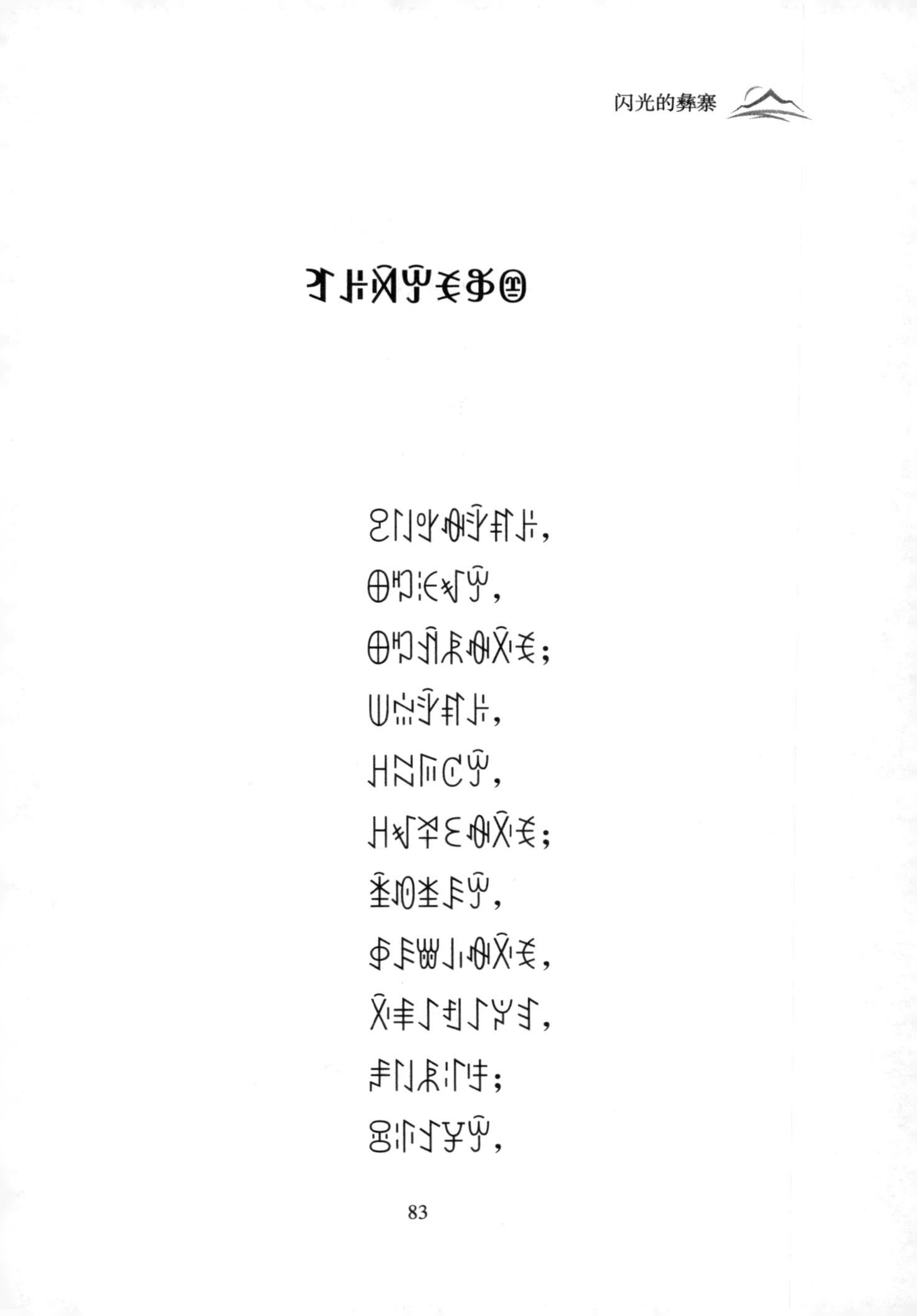

[illegible]

[illegible]，
[illegible]，
[illegible]；
[illegible]，
[illegible]，
[illegible]；
[illegible]，
[illegible]，
[illegible]，
[illegible]；
[illegible]，

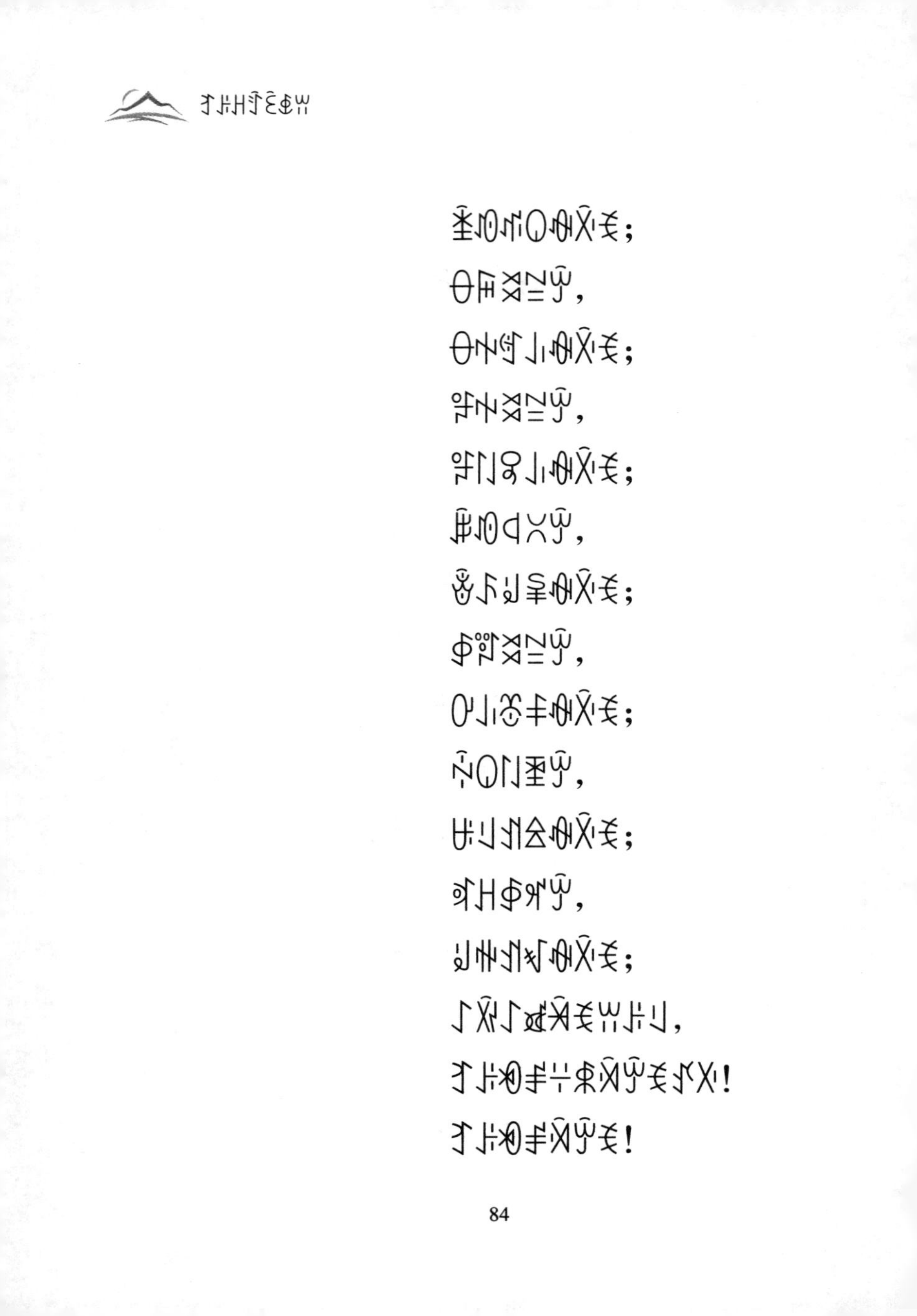

[illegible];
[illegible],
[illegible];
[illegible],
[illegible];
[illegible],
[illegible];
[illegible],
[illegible];
[illegible],
[illegible];
[illegible],
[illegible];
[illegible],
[illegible]!
[illegible]!

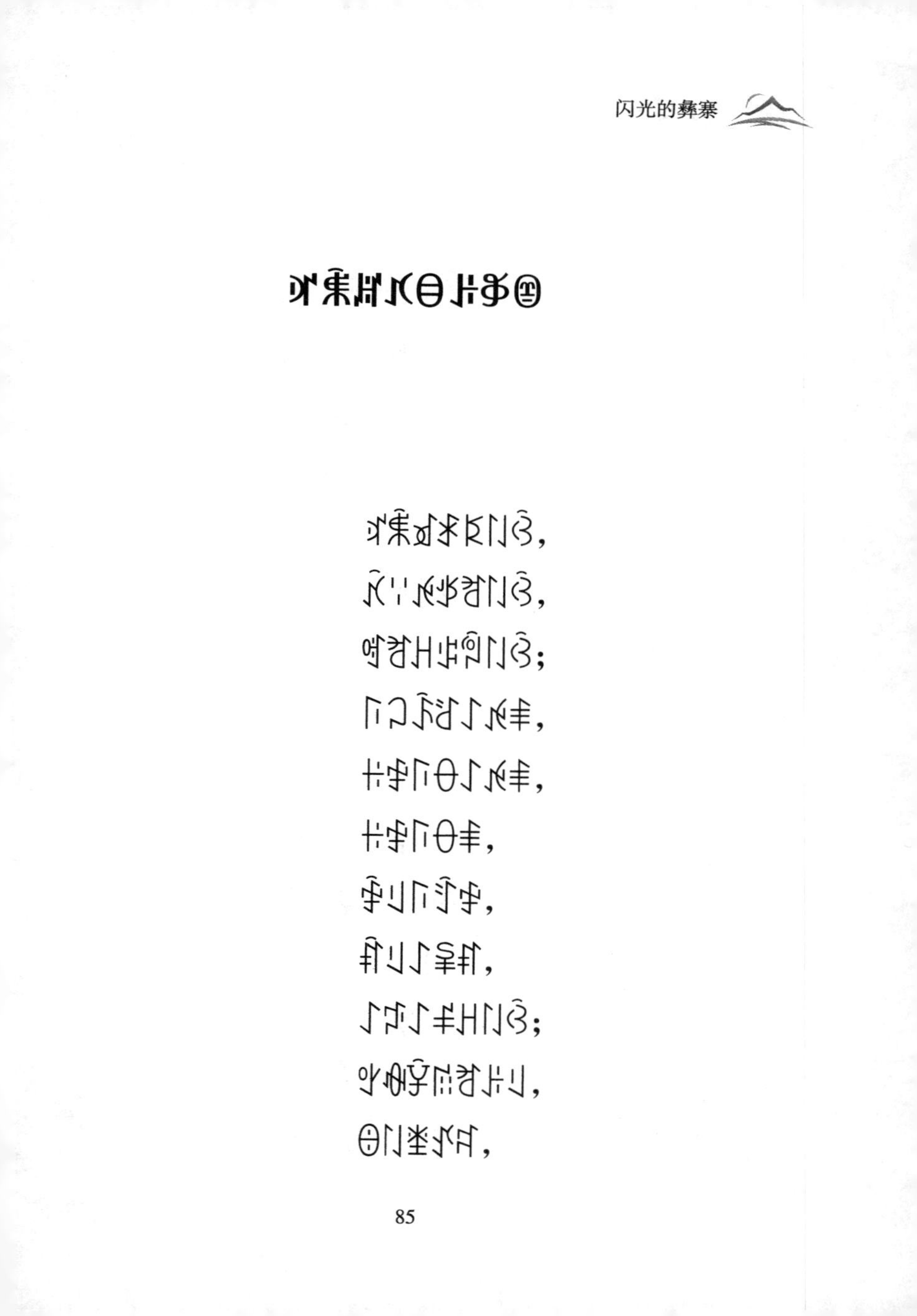

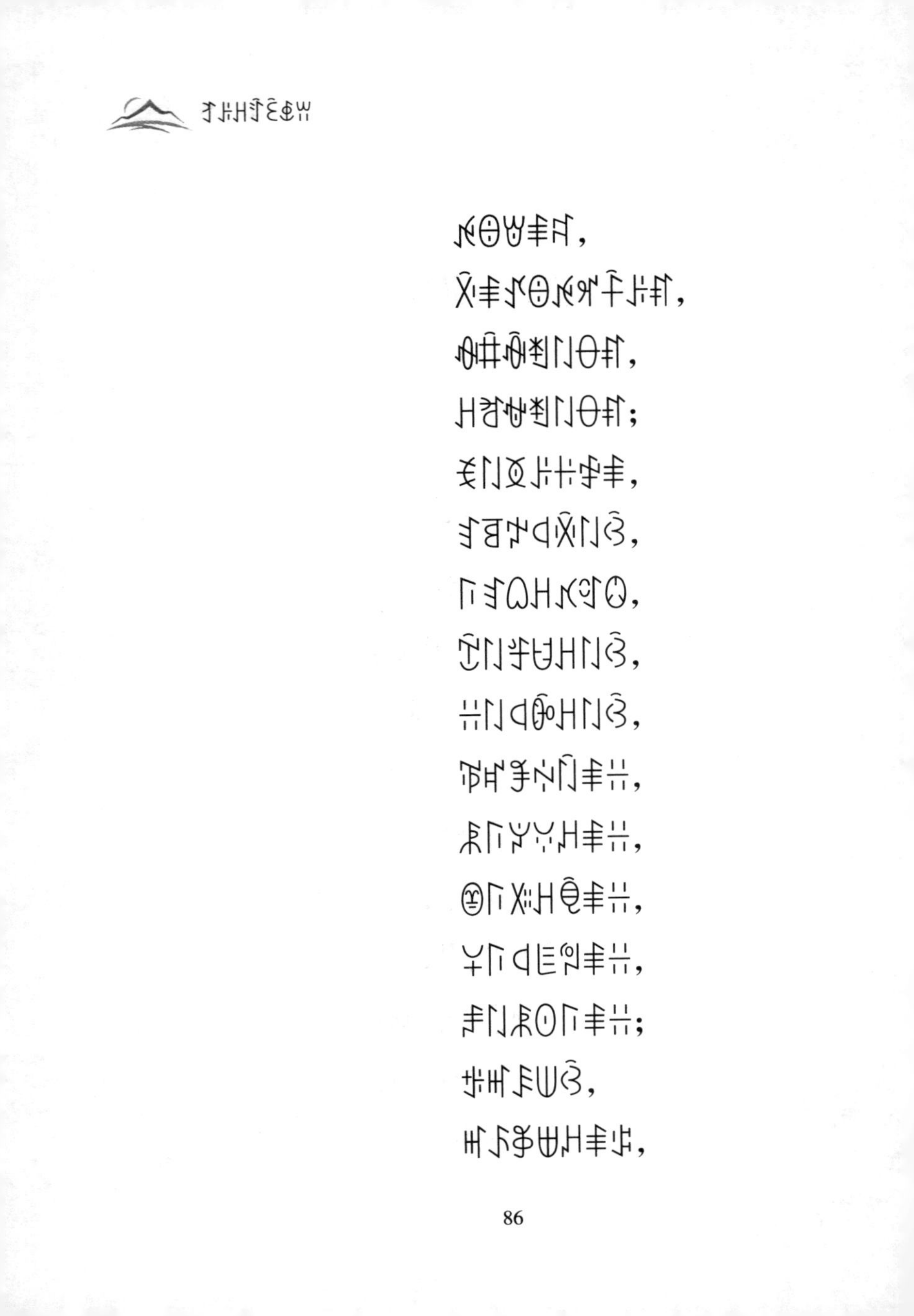

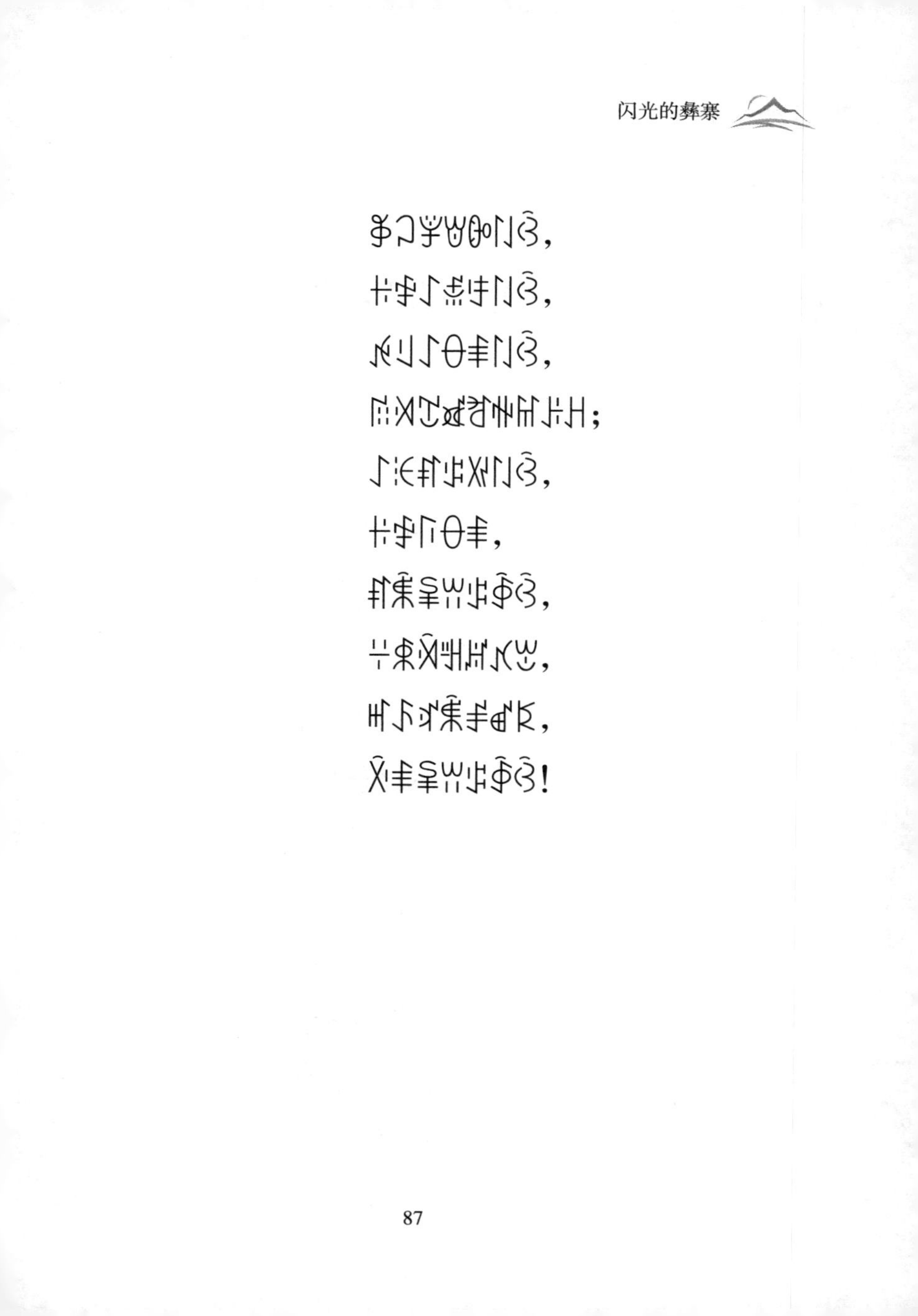

[illegible]，
[illegible]，
[illegible]，
[illegible]；
[illegible]，
[illegible]，
[illegible]，
[illegible]，
[illegible]，
[illegible]！

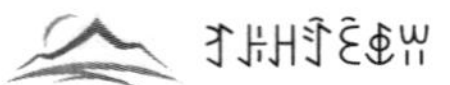

[illegible]

[illegible]，
[illegible]。
[illegible]，
[illegible]。
[illegible]，
[illegible]。
[illegible]，
[illegible]。
[illegible]，
[illegible]。
[illegible]，

[illegible]。

[illegible]，
[illegible]。
[illegible]，
[illegible]。
[illegible]，
[illegible]。
[illegible]，
[illegible]。
[illegible]，
[illegible]，
[illegible]，
[illegible]。
[illegible]，
[illegible]，

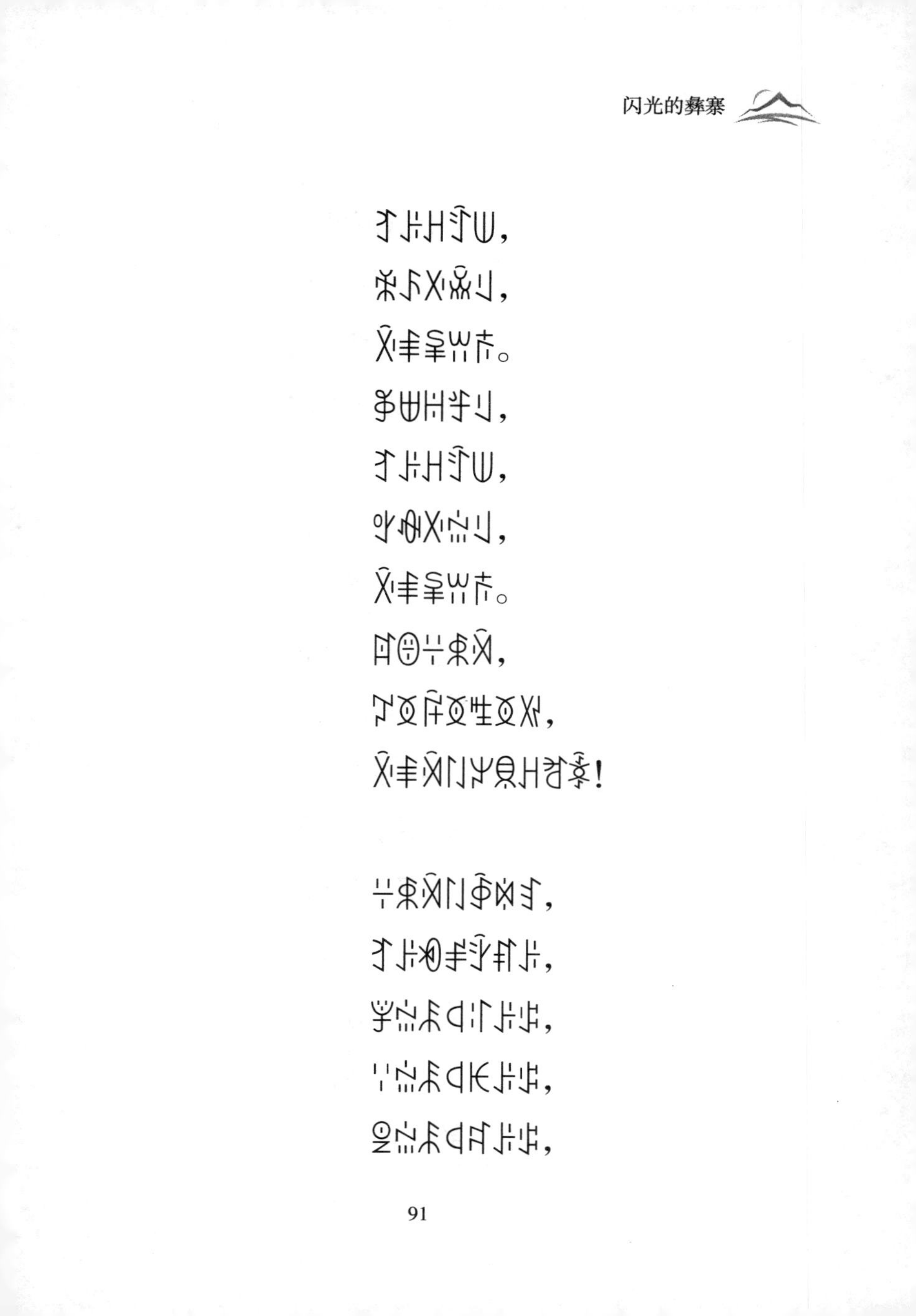

[illegible]，
[illegible]，
[illegible]。
[illegible]，
[illegible]，
[illegible]，
[illegible]。
[illegible]，
[illegible]，
[illegible]！

[illegible]，
[illegible]，
[illegible]，
[illegible]，
[illegible]，

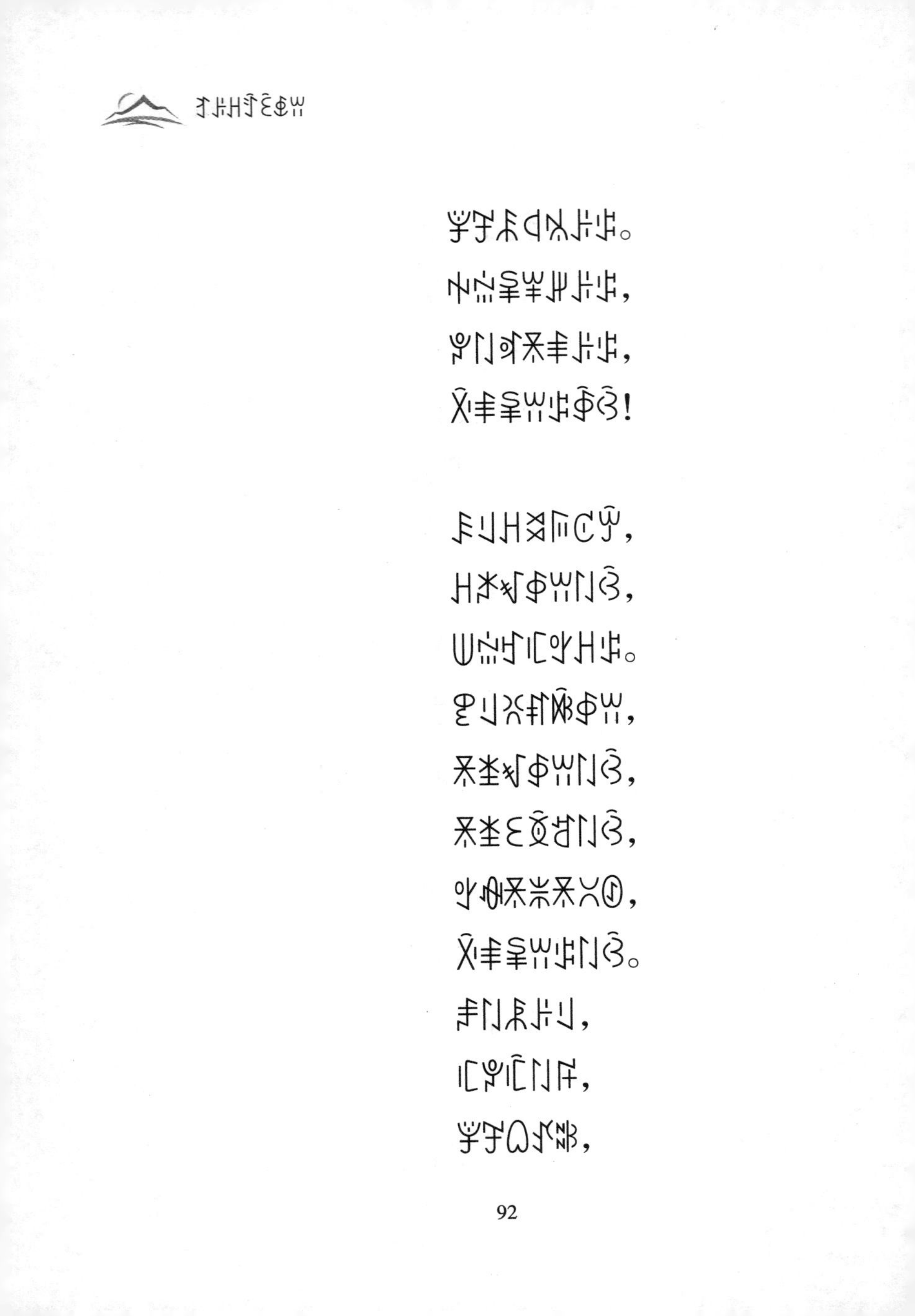

[illegible]。
[illegible]，
[illegible]，
[illegible]！

[illegible]，
[illegible]，
[illegible]。
[illegible]，
[illegible]，
[illegible]，
[illegible]，
[illegible]。
[illegible]，
[illegible]，
[illegible]，

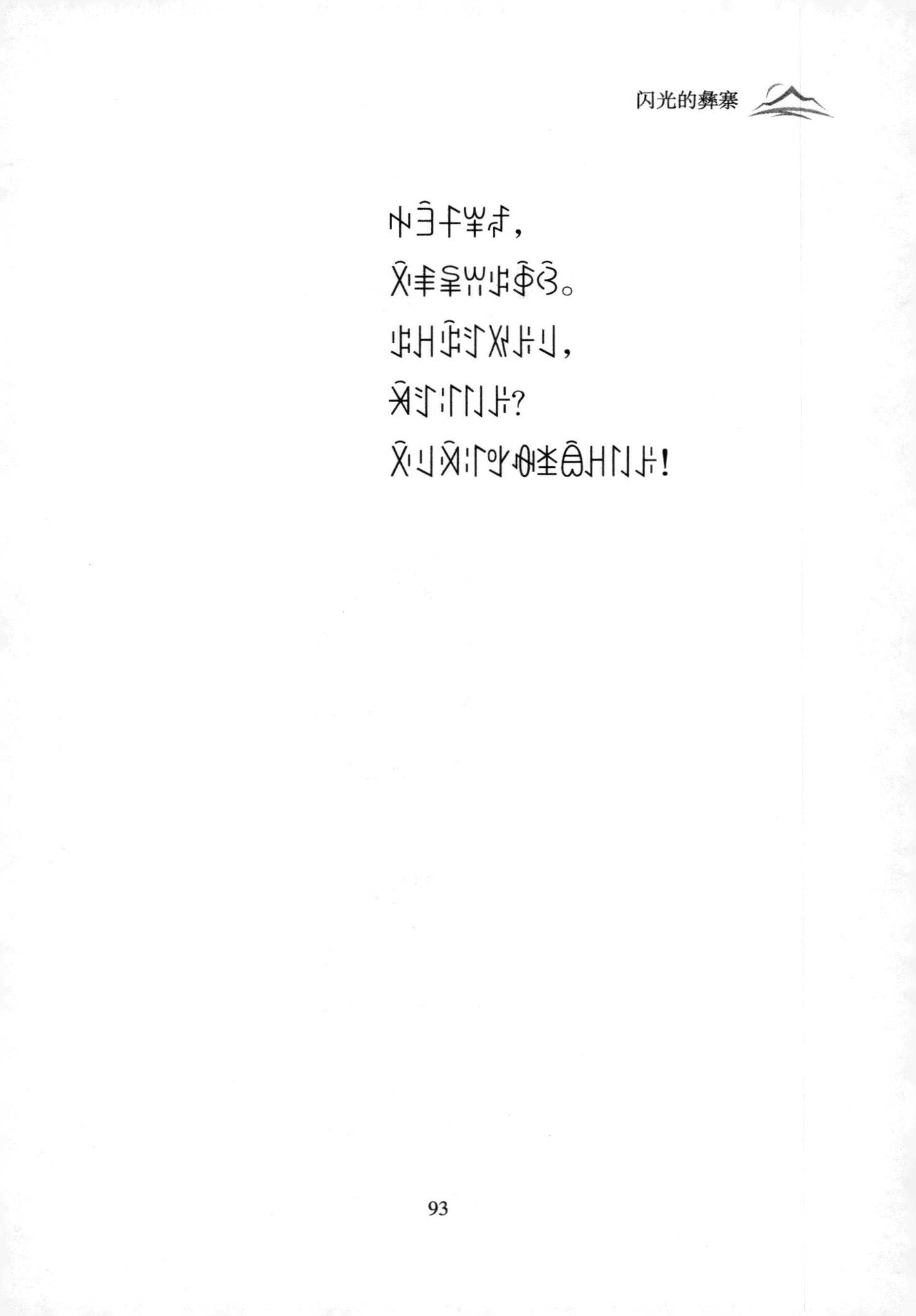

[illegible]，

[illegible]。

[illegible]，

[illegible]？

[illegible]！

[illegible]

[illegible]，
[illegible]。
[illegible]，
[illegible]。
[illegible]，
[illegible]。
[illegible]，
[illegible]。
[illegible]，
[illegible]。
[illegible]，

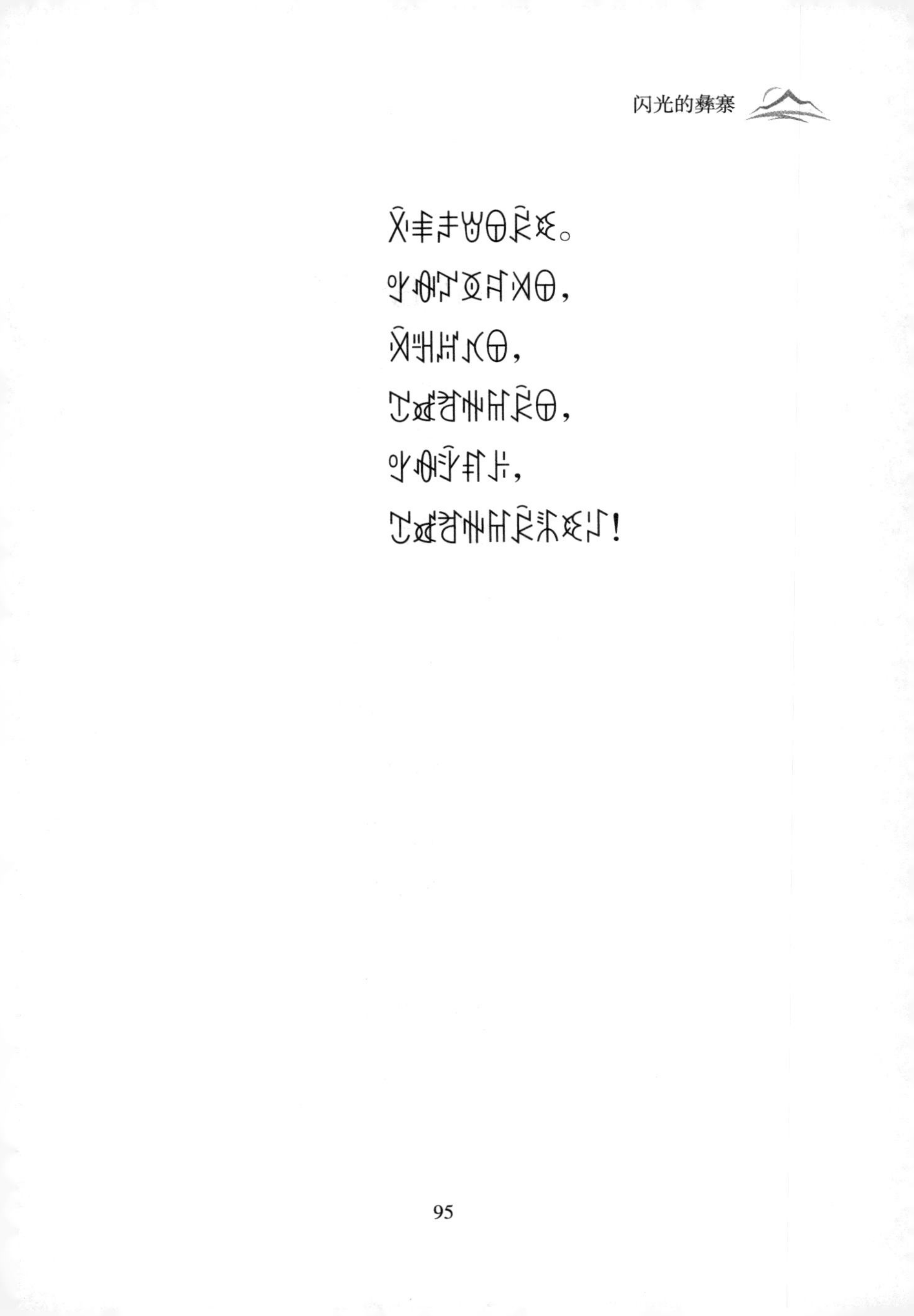

[illegible]。

[illegible]，

[illegible]，

[illegible]，

[illegible]，

[illegible]！

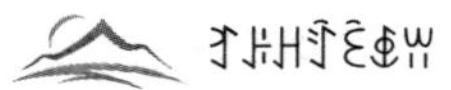

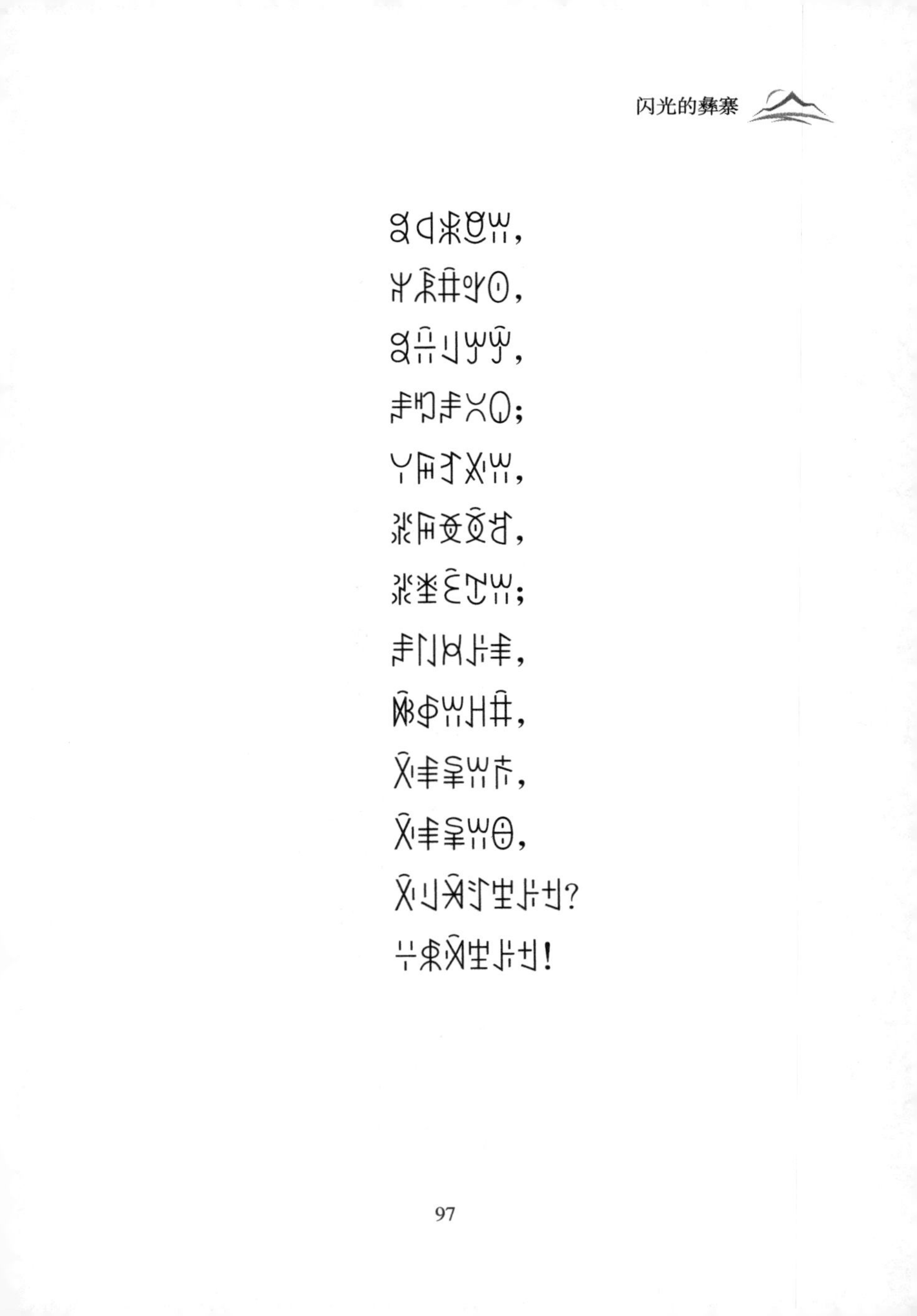

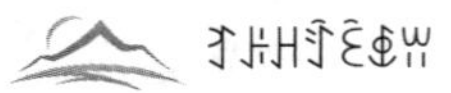

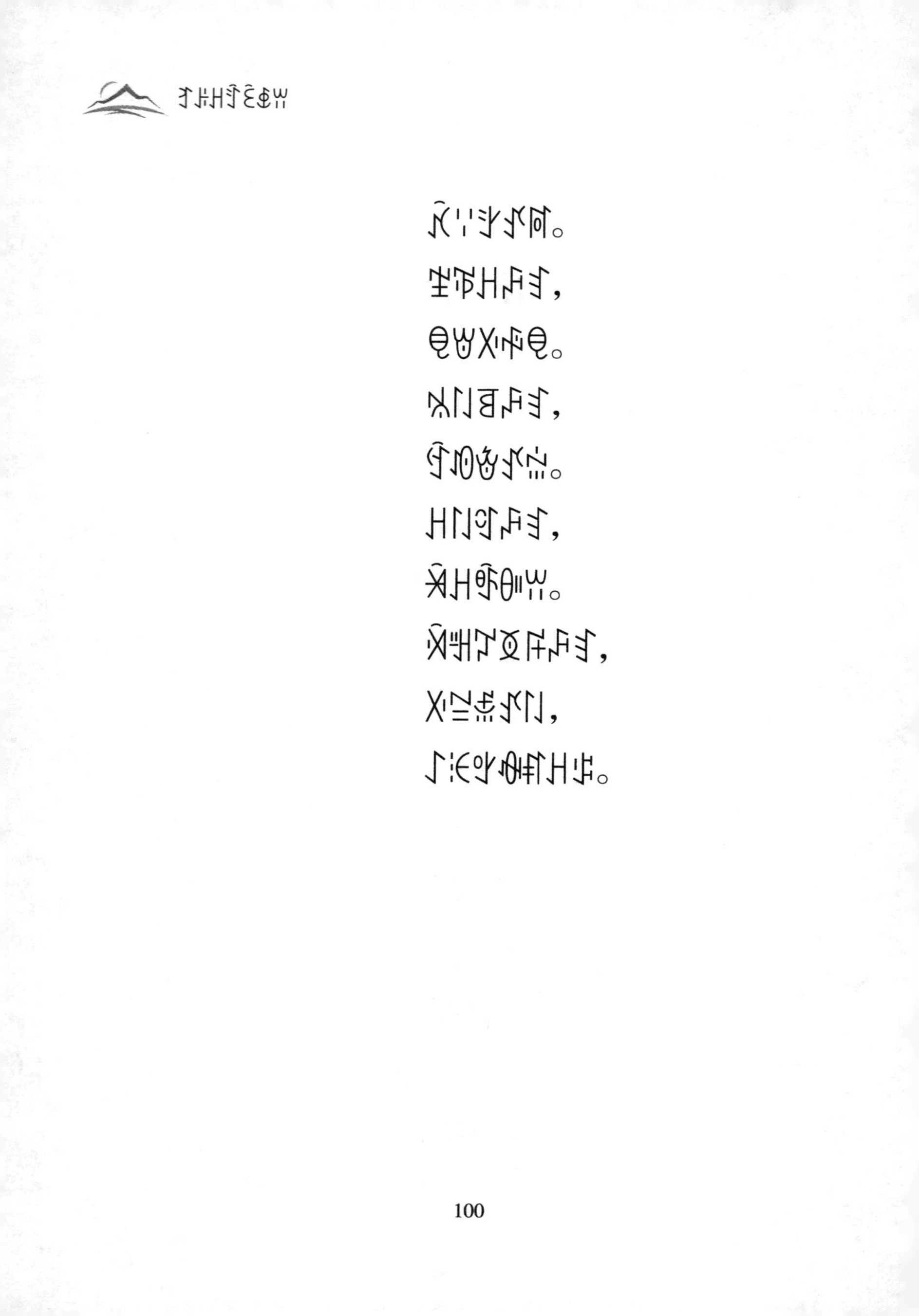

[illegible]

[illegible]，
[illegible]，
[illegible]，
[illegible]，
[illegible]，
[illegible]，
[illegible]，
[illegible]，
[illegible]，
[illegible]，
[illegible]，

[illegible]，
[illegible]，
[illegible]，
[illegible]。

[illegible]，
[illegible]，
[illegible]，
[illegible]，
[illegible]；
[illegible]，
[illegible]，
[illegible]，
[illegible]，
[illegible]，
[illegible]，

[illegible]；

[illegible]，

[illegible]，

[illegible]，

[illegible]，

[illegible]。

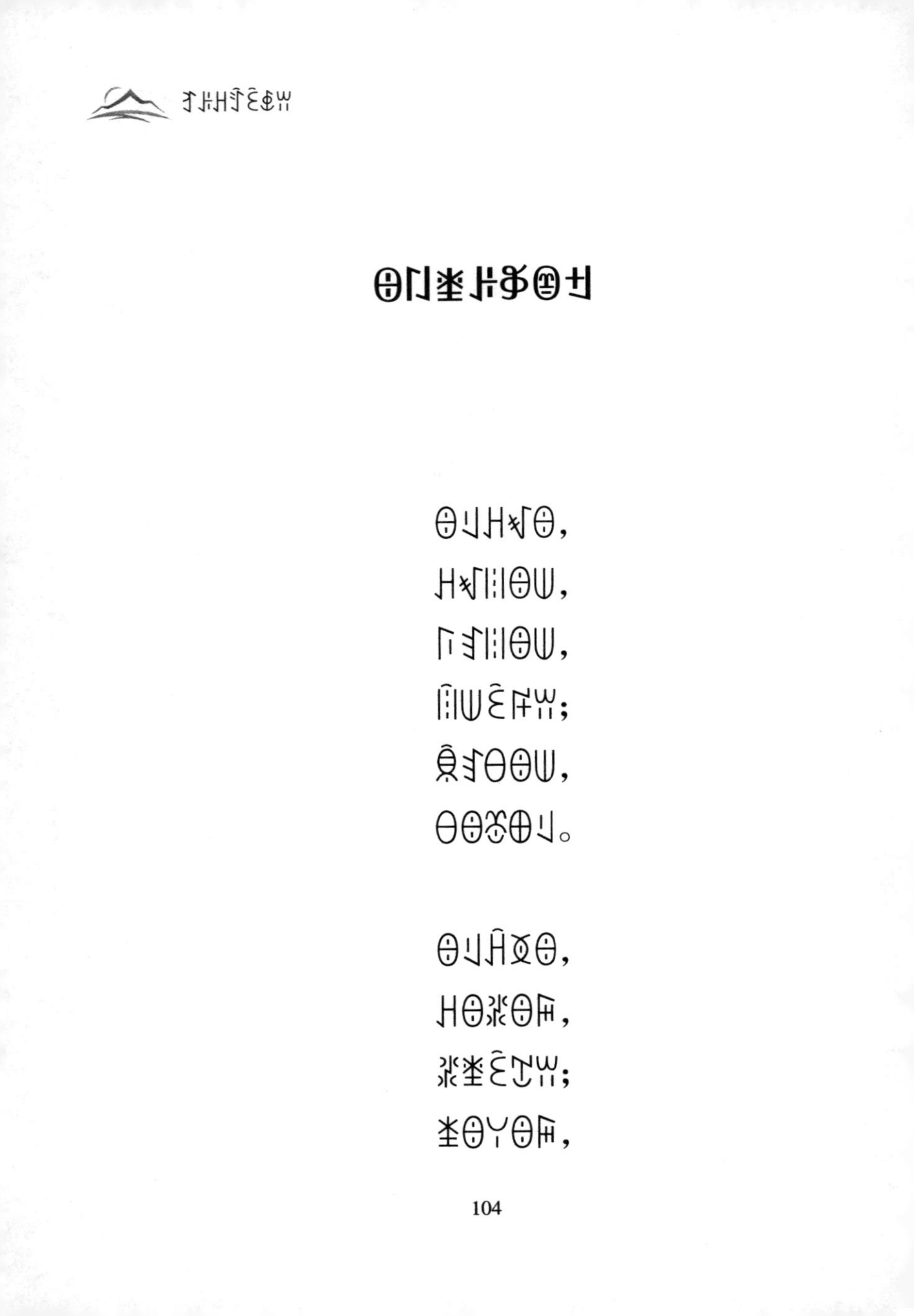

[illegible]，

[illegible]，

[illegible]，

[illegible]，

[illegible]；

[illegible]，

[illegible]，

[illegible]，

[illegible]，

[illegible]；

[illegible]，

[illegible]，

[illegible]，

[illegible]，

[illegible]，

[illegible]！

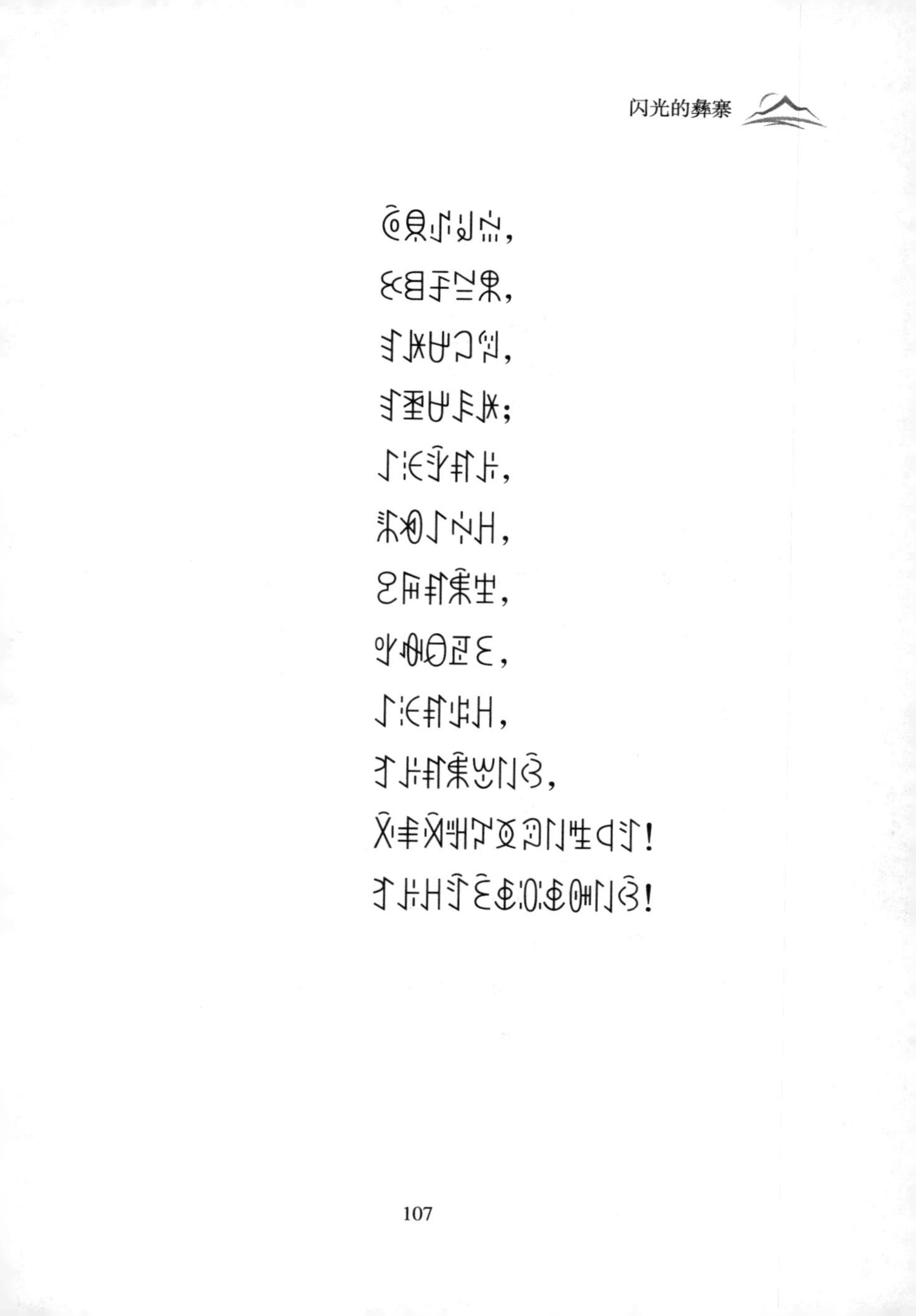

[illegible]

NUOSU MUDDIX SHYXLUOW

[illegible]

[illegible]	[illegible]
[illegible]	[illegible]
[illegible]	610091（[illegible]108[illegible]）
[illegible]	[illegible]
[illegible]	130mm × 185mm
[illegible]	3.5
[illegible]	170[illegible]
[illegible]	2015[illegible]10[illegible]
[illegible]	2020[illegible]6[illegible]
[illegible]	4859–5858[illegible]
[illegible]	ISBN 978-7-5409-6109-1
[illegible]	10.00[illegible]